Petra Schwarzkopf

Detektei Anton – Die Dame aus Burundi

Für unsere Töchter und Söhne,
die als Teenager manchmal ein bisschen
wie Rahel und Silas waren.
Und für Irene, die zwar der letzte Teenie in unserem Haus,
dafür aber oft mein erstes Publikum ist.
Danke für Dein kritisches Ohr und Deine guten Ideen!

PETRA SCHWARZKOPF
DETEKTEI ANTON
2
Die Dame aus Burundi

Petra Schwarzkopf
Detektei Anton – Die Dame aus Burundi

Best.-Nr. 271 764
ISBN 978-3-86353-764-7
Christliche Verlagsgesellschaft Dillenburg

Es wurde folgende Bibelübersetzung verwendet:
Schlachter-Übersetzung – Version 2000

1. Auflage

www.cv-dillenburg.de

Satz und Umschlaggestaltung:
Christliche Verlagsgesellschaft Dillenburg
Bildquellen: © Saskia Klingelhöfer (Covermotiv)
freepik.com (Holzschild, Rahmen, Kalender), freepik.com/macrovector (Fingerabdruck, Kopf, Tasche), freepik/rawpixel.com (Pfeil), freepik/macrovector (Kopf, Tasche), freepik/Harryarts (Uhr, Vögel), freepik/rocketpixel (Linien)

Druck: GGP Media GmbH, Pößneck
Printed in Germany

INHALT

… ist der Onkel von Silas und Rahel und speziell begabt. Er hat ein partiell fotografisches Gedächtnis, kennt sich mit Pflanzen und Pilzen aus und ist brutal ehrlich. Außerdem besitzt Anton einen Schwerbehindertenausweis, aber eigentlich ist er nur schwer in Ordnung.

Alter:
Das kommt darauf an:
40 Jahre von außen, 8 Jahre von innen

Haarfarbe:
schwarz

Beruf:
Gärtnergehilfe
bei den Caritas-Werkstätten

Hobbys:
Borussia Dortmund,
Holz hacken, sägen und verkaufen und sein Mini-Auto, den Ellenator, fahren

Beste Freunde:
Hund Caruso
und ein paar Kumpels aus der Werkstatt

… ist die kleine Schwester von Silas und hat einen feinen Sinn für Details. Obwohl sie ihre Umwelt besonders aufmerksam wahrnimmt, bekommt sie vom Unterricht in der Schule manchmal nichts mit. Sie fürchtet sich vor Langeweile und möchte niemals so verrückt werden wie die anderen Mitglieder ihrer Familie.

Alter:
13 Jahre

Haarfarbe:
braun

Berufswunsch:
Polizistin

Hobbys:
Kunst- und Turmspringen, Schwimmen, Nervenkitzel

Beste Freunde:
im Moment keine

... ist der große Bruder von Rahel und nur etwas zu klein für sein Gewicht. Er hat Angst, dass er für immer ein paar Zentimeter kleiner bleibt als seine Schwester. Seine Haarfarbe nennt er erdbeerblond und er trägt seine Sommersprossen mit Stolz.

Alter:
14 Jahre

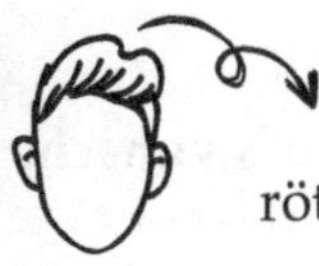

Haarfarbe:
blond mit rötlichem Schimmer

Berufswunsch:
Dolmetscher oder Krankenpfleger, Rahel behauptet: Pastor oder Lehrer

Hobbys:
Fremdsprachen, Erste Hilfe, Fastfood und möglichst wenig Sport, außerdem Klarinette spielen

Bester Freund:
Ronny Till

… ist der Freund und Klassenkamerad von Silas. Er lebt allein mit seiner Mutter, trägt seine Haare lang und hat eine feste Zahnspange. Ronny ernährt sich gerne von Fastfood und liebt T-Shirts mit coolen Sprüchen. Er versucht ständig, Geld zu verdienen, vielleicht, weil er nicht gerade viel davon hat.

Alter:
15 Jahre

Haarfarbe:
schwarz

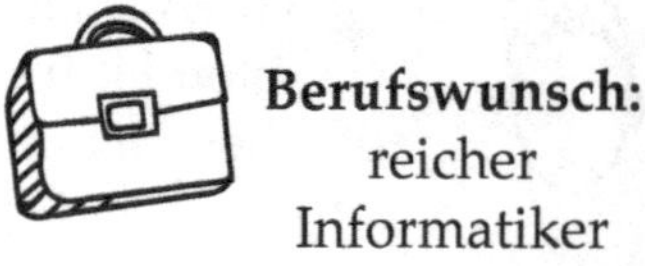

Berufswunsch:
reicher Informatiker

Hobbys:
Computer und Sport

Bester Freund:
Silas Schmickler

… ist Onkel Antons Riesenschnauzer und kann wunderschön jaulen, wenn er jemanden singen hört. Leider klingt er nicht ganz so gut wie sein Namensvetter, der italienische Tenor Enrico Caruso (der ziemlich genau vor 100 Jahren starb).

Alter:
4 Jahre

Fellfarbe:
schwarz

Beruf:
Schutz- und Führhund, Suchtmittel-spürhund

Hobbys:
nach Fressbarem suchen, im Wald herumstromern und Fangen spielen

Beste Freunde:
Onkel Anton und Opa Peter

Lieblingsfeinde:
Katzen, egal, welche

UNFALLFLUCHT

„I... ich w... war ziemlich ruhig gestern nach der Niederlage, haste gehört?“

Mit diesen Worten betrat Onkel Anton als Letzter Rahels Zimmer. Da Ronny und Silas kurz vor ihm gekommen waren, war die Detektei vollzählig anwesend. Rahel saß im Schneidersitz in Omas altem Schaukelstuhl, den sie sich aus dem Wohnzimmer ausgeliehen hatte. Die Jungs quetschten sich auf ein kleines blaues Sofa, und Anton steuerte auf den Schreibtischstuhl zu.

Obwohl es so klang, als spräche er mit allen Anwesenden, sah Onkel Anton stur auf Rahels Gesicht. Doch die erwartete Antwort oder sonst eine Bestätigung, dass sie zugehört hatte, kam nicht. Silas' Schwester starrte auf die Samstagsausgabe der Rheinzeitung, die sie aufgeschlagen auf dem Schoß hielt.

„Das gibt es doch nicht!“, stöhnte das Mädchen. „Sehen wir bescheuert aus. Hatten die kein besseres Bild bei den Tausend, die der Pressefotograf gemacht hat?!“

„Oh, hat Sherlock Holmes etwa Modelaufnahmen erwartet?“, stichelte Ronny.

Er meinte es nicht wirklich böse, und Rahel mochte den Spitznamen, den Silas' Freund ihr verpasst hatte. Daher reagierte sie nicht, sondern zog es ausnahmsweise vor zu schweigen.

„W… wi… wieso? Ich seh doch gut aus!", sagte Onkel Anton grinsend und tippte auf das Foto, das die drei Kinder und ihn zeigte.

Sogar Caruso, sein schwarzer Riesenschnauzer, war halb zu sehen. Ronny verschluckte sich an seinem Sprudel. Er musste erst husten, bevor er lachen konnte, doch Rahel zeigte immer noch keine Reaktion.

„Boah, ist das peinlich! ‚Detektei Anton stellt Drogendealer!' Untertitel: ‚Bananen, Koks und gescheiterte Ganoven. Spektakulärer Fall für die Jungdetektive … Quirlig und schlau wie Max und Moritz beim Fang von Witwe Boltes Hühnchen'", las sie stattdessen vor. „Sag mal, spinnen die? Wer kennt denn heute noch Max und Moritz?! Wir können uns doch nie wieder in der Schule blicken lassen!"

Sie ließ die Zeitung sinken.

„G… ganz ruhig war ich nach der Niederlage", murmelte Onkel Anton und blieb weiter neben Rahel stehen.

„Das wird sich wohl nicht vermeiden lassen", meinte Silas.

Auch er ignorierte diesmal das Selbstgespräch seines Onkels. Doch Anton tippte beharrlich auf das Foto auf dem Schoß seiner Nichte. Er war entschlossen, sich die Aufmerksamkeit zu verschaffen, die ihm seiner Meinung nach zustand, wenn er die haushohe Niederlage seines Fußballvereins so tapfer ertrug.

„G… ganz ruhig war ich. U… und ich seh gut aus. Rahel nich", wiederholte er.

Ronny prustete erneut los, und Rahel feuerte die Zeitung auf den Boden. Ihr Onkel hob sie langsam auf und setzte sich endlich auf den Schreibtischstuhl. Behutsam strich er das Lokalblatt glatt.

„Anton meint das nicht böse. Er fasst nur zusammen, was er verstanden hat", fauchte Rahel in Ronnys Richtung. Der große Junge grinste breit und ließ seine Brackets blitzen.

„Na und? Ist trotzdem lustig", meinte er.

„Äh, um auf die Schule zurückzukommen", warf Silas schnell ein. „Der Schulbesuch wird sich bis auf Weiteres nicht vermeiden lassen", wiederholte er.

„W... wie eine Ni... Niederlage. Ei... eine Niederlage lässt sich auch nich immer vermeiden. Is halt so", versuchte Anton noch einmal, auf seinen Lieblingsclub Dortmund zurückzukommen.

„Ja, sicher! Eins zu fünf gegen Bayern im eigenen Stadion – lässt sich kaum vermeiden", sagte Rahel und ging endlich auf Anton ein. „Jedenfalls nicht, wenn man so schlecht spielt wie wir am letzten Spieltag. Das war vielleicht eine Pleite! Aber der BVB startet nach dem Sommer in die neue Saison, und nichts ist so schnell vergessen wie das letzte Spiel. Das da vergessen die hier garantiert nicht."

Sie zeigte auf die Zeitung, die jetzt gefaltet auf Antons Schoß lag.

„Nein. Hier auf dem Dorf hängt man so was ans Schwarze Brett!", erklärte Ronny todernst.

„Echt?" Silas guckte entsetzt.

„Nein, natürlich nicht!", stellte sein Freund klar. Er schüttelte den Kopf und zog seine kräftigen, dunklen Augenbrauen zusammen. „Jetzt nehmt euch mal nicht so wichtig! Ist doch alles halb so schlimm. Von der Belohnung, die der neue Rheka-Laden-Chef gezahlt hat, können wir uns alle ein neues, besseres Handy kaufen. Ist doch alles super!"

„Ein neues Handy? Ist das dein Ernst? Andere Sorgen hast du nicht?", fragte Rahel.

„Jedenfalls geht es mir nicht um mein Aussehen", antwortete Ronny.

Rahel maß ihn mit einem kritischen Blick von oben bis unten. Ihre Augen streiften die langen, zum Pferdeschwanz gebundenen Haare, das zerknitterte T-Shirt, die alte, fleckige Jeans …

„Da hast du wohl ausnahmsweise recht", gab sie zu.

Silas seufzte. Es war wirklich nicht einfach, für Frieden zwischen Rahel und Ronny zu sorgen. Sie waren ungefähr genauso gut aufeinander zu sprechen wie Caruso auf Katzen. Nur gab es bei Onkel Antons Riesenschnauzer einen handfesten Grund für die aktuelle Abneigung: Vor ein paar Jahren hatte ein hinterhältiger Stubentiger dem noch unerfahrenen und zutraulichen Welpen erst seine Pfote auf den Kopf geschlagen und dann genüsslich die Krallen durchs Gesicht gezogen. Das konnten sich Ronny und Rahel jedenfalls nicht gegenseitig vorwerfen. Noch nicht. Silas beschloss, das als Pluspunkt zu verbuchen.

Von unten aus dem Wohnzimmer klangen Akkorde und zwei Frauenstimmen in die gespannte Stille. Mamas Freundin Gabrielle de Monnet war zum Proben gekommen. Sie war nicht nur eine gute Klavierspielerin und studierte jedes Jahr mit den Burgenacher Kindern ein gut besuchtes Adventsmusical ein, sondern sie hatte auch einen warmen, tiefen Alt, der wunderbar zu Mamas Sopran passte. Aber im Hauptberuf war sie nicht Sängerin wie Rahels Mutter, sondern Sekretärin der SEGE, der Selbständigen Evangelischen Gemeinde Eifel, die die Familie Schmickler besuchte.

„Maria! Maria! Da waren Engelworte: ‚Gott schenkt dir einen Sohn, kein Ende nimmt sein Reich, er sitzt auf Davids Thron!' Da waren deine Worte: ‚Ich bin die Magd des Herrn, was immer du verlangst, gehorchen will ich gern!'", klang es von unten.

Die Sängerinnen sangen so deutlich, dass man jedes Wort verstehen konnte. Doch auch die besinnlichen Worte und die schöne Melodie schienen Rahel nicht zu beruhigen.

„Ach nee, alles super! Weihnachtslieder Ende Mai. Das ist jetzt nicht Mamas Ernst, oder?"

Das Mädchen begann, heftig auf Omas altem Stuhl hin und her zu schaukeln.

„Du weißt doch, dass man nie früh genug anfangen kann, wenn man ein schönes Programm auf die Beine stellen will", erklärte Silas geduldig. „Und irgendwann müssen die Kinder ja auch noch alles einstudieren."

„Wartet mal!", bat Ronny und lauschte der zweiten Strophe.

Die Stimmen der Sängerinnen harmonierten gut, und die Melodie war recht einfach.

„Maria! Maria! Da waren Frauenworte: ‚Glückselig, die geglaubt! Mein Kind, es hüpft vor Freude, weil du auf Gott vertraut.' Da waren Hirtenworte: ‚Kommt mit nach Bethlehem, um den, den Gott verkündet, den Retter selbst zu sehn!'"

Rahel rollte mit den Augen.

„Klingt doch ganz schön", fand Ronny, als die Stimmen abbrachen und die Frauen irgendetwas zu diskutieren schienen. „Aber wer ist Maria?"

„Du weißt nicht, wer Maria war!", stellte Rahel fest und stoppte den Schaukelstuhl. „Maria war die Mutter Gottes."

„Das stimmt nicht ganz, sie war die Mutter des Menschen Jesus Christus. Gott hat keine Mutter", korrigierte Silas automatisch.

Rahel seufzte.

„Ja, aber Jesus hat ja von sich behauptet, Gott zu sein. Da ist es doch egal, ob ich ‚Mutter Gottes' oder ‚Mutter Jesu' sage."

Silas zögerte. Er wusste, dass das ganz und gar nicht egal war, aber war eine solche Diskussion wirklich das Erste, was Ronny hören sollte, wenn das Gespräch auf Gott kam? Der Junge stöhnte nur innerlich und lächelte Rahel an. Er musste nicht Recht behalten.

„Ach, *die* Maria", meinte Ronny. „Stell dir vor, die kenne sogar ich."

Gerade als unten im Wohnzimmer erneut Musik erklang, hörte man von draußen Lärm. Ein Auto hupte laut, Reifen quietschten, Blech schepperte. Dann ertönte noch einmal die Hupe im Dauerton. Die Detektive schauten sich nur kurz an.

„Ein Unfall!", stellte Silas fest.

Augenblicklich sprangen alle vier auf, liefen durch den Flur und die Treppe hinunter. Mama und Gabrielle hatten wohl auch etwas gehört, denn die Haustür stand schon offen. Caruso war laut bellend hinausgelaufen; er hatte Opa im Schlepptau, und von gegenüber kam sogar Papa aus seiner Kanzlei. Auf dem Platz vor den beiden Häusern der Familie trafen alle zusammen und starrten gemeinsam auf die Straße vor der Einfahrt zum alten Schmicklerhof. Das Hupen hatte endlich aufgehört, und ein dicker Mann war aus seinem grasgrünen Oldtimer-Mercedes gestiegen. Er reckte wütend eine Faust in den Himmel und schimpfte:

„Du Mistkerl, dreckiger! Komm sofort zurück! Guck dir den Driss an, den du hier angerichtet hast. Feigling, elender!!!"

Dann hörte der Mann auf zu brüllen und guckte kurz auf die hässliche Beule am linken Kotflügel und die aufgeschobene Motorhaube. Unerwartet flink setzte er sich wieder ans Steuer, um den Wagen von der Straße zu kriegen und wie geplant auf Schmicklers Hof zu lenken. Er hielt vor der versammelten Familie und grüßte herablassend, als hätte er sie als sein persönliches Empfangskomitee genau hierherbestellt. Dann hievte sich der dicke Mann erneut aus dem zerknautschten Fahrzeug.

„Mein schöner Wagen! Aber den Kerl kriege ich, Pit!"

Wie die meisten im Dorf nannte er Opa Peter Pit. Als er, um seinen Worten Nachdruck zu verleihen, die Fahrertür zuschlug, fiel die vordere linke Radkappe herab, und der linke Blinker sprang an. Der Dicke verzog das Gesicht, als hätte er sich beim Zuschlagen der Tür aus Versehen gleich mehrere seiner kurzen Wurstfinger eingeklemmt. Doch das war nicht der Fall, denn er wandte sich vom Wagen ab und ging auf Familie Schmickler zu.

„Wofür haben wir jetzt schließlich einen Rechtsanwalt in Brehl!"

Mit diesen Worten streckte er seine teigige Hand Paul Schmickler, dem Vater von Rahel und Silas, entgegen. Papa ergriff sie ohne Zögern.

„Langenhagen, Herr Schmickler", sagte der Mann und schüttelte Papa die Hand. „Alteingesessener Bauernadel."

Er lachte dröhnend.

„Bauer Langenhagen, natürlich. Ich kenne Sie doch! Ich bin doch hier aufgewachsen, und so jemanden wie Sie vergisst man nicht so leicht", meinte Papa diplomatisch.

Doch der Bauer sprach jetzt Opa an.

„Was glaubst du, Pit? Schnappt dein Junge diesen Verbrecher, der mein Schätzchen verbeult hat? Hat mir einfach die Vorfahrt genommen. Ich wollte links zu euch auf den Hof und der überholt plötzlich. Ein Wunder, dass nicht mehr passiert ist."

Papa räusperte sich. Er wusste nur zu gut, dass Bauer Langenhagen einer der reichsten Bürger des Kreises war. Seit sein Ackerland Bauland geworden war, hatte er durch geschickte Vermarktung von Grund und Boden ein Vermögen gemacht. Nun widmete er sich fast nur noch der Verwaltung seiner Immobilien. Trotzdem konnte man mit Geld nicht alles kaufen. Ihn jedenfalls nicht.

„Äh, Herr Langenhagen, ich bin Rechtsanwalt und kein Polizist. Für so etwas ist die Polizei zuständig. Die sollten wir rufen! Je eher, desto besser."

„Ach, papperlapapp! Polizei ist doch hier, nicht wahr, Pit?"

Wieder lachte er dröhnend. „Trotzdem will ich, dass Sie, Herr Schmickler, den Fall übernehmen."

Papa seufzte.

„Ich bin weder Strafrechtler noch Privatdetektiv. Das läuft im echten Leben nicht so wie im Fernsehen, Herr Langenhagen. Die Ermittlungsarbeit leistet die Polizei. Die Beamten werden die Beule vermessen, Lacksplitter sicherstellen und nach dem Kennzeichen fahnden. Haben Sie sich das Kennzeichen denn gemerkt?"

„Nein, leider nicht ganz, ich war zu erschrocken. Aber der Bursche war von hier. ATB – Kreis Altenbrehl-Brehlweiler. Und das Auto war metallic-blau, ein Lieferwagen. Ein Ford Transit. Er dürfte jetzt vorne rechts eine Beule haben."

„Nun, unser Landkreis ist groß, Kurt, das weißt du genauso gut wie ich", mischte sich Opa ein. „Und so viele Streifenwagen haben wir nun auch wieder nicht."

Der linke Blinker war immer noch an und blinkte nutzlos vor sich hin.

„Und es gibt tatsächlich nichts, was Sie sonst für mich tun können, Herr Rechtsanwalt?"

Der Bauer sah Papa mit seinen kleinen Augen scharf an.

„Ich würde auch gut bezahlen. Dieser grasgrüne Straßenflitzer ist das erste Auto, das sich mein Vater damals erlaubt hat. Ich hänge sehr an ihm, und es ist schwer, Ersatzteile zu bekommen."

Flitzer?!, dachte Ronny kritisch, *wahrscheinlich braucht der Oldtimer fünf Minuten, um von Null auf Hundert zu kommen! Falls er die Hundert überhaupt erreicht.*

Papa hob die Augenbrauen und legte den Kopf schräg. Er schaute kurz zu Rahel und Silas. Seine Augen glitzerten, und seine Mundwinkel hoben sich unmerklich. Doch seine Tochter sah es genau. So guckte Papa, wenn er eine gute Idee hatte.

„Doch, natürlich. Wir können alle die Augen offenhalten und wenn wir einen Wagen sehen, auf den die Beschreibung passt, der nächsten Polizeiwache Bescheid geben. Sie könnten eine bestimmte Summe ausloben für den, dessen sachdienlicher Hinweis zur Ergreifung des Flüchtigen führt."

„Hä?", flüsterte Ronny Silas zu. „Ausloben?!"

„Papa meint, eine Belohnung aussetzen, so eine Art Kopfgeldprämie!", flüsterte Silas zurück. Er war Papas seltsame Begriffe gewohnt.

„Ah!", machte Ronny. Kopfgeldjäger kannte er aus einer Science-Fiction-Serie.

„Ist das alles?", fragte Herr Langenhagen enttäuscht. „Ich dachte, Fahrerflucht ist verboten. Da muss ein Rechtsanwalt doch etwas mehr tun."

„Selbstverständlich ist das unerlaubte Entfernen vom Unfallort, wie es korrekt heißt, eine Straftat. Für die Aufklärung von Straftaten sind aber die Ermittlungsbehörden zuständig, wie ich bereits sagte. Das heißt in unserem Fall: die Polizei. Und die leistet wirklich gute Arbeit, auch wenn es leider jedes Jahr viele Straßenverkehrsdelikte gibt, die unaufgeklärt bleiben", erklärte Papa geduldig zum zweiten Mal.

Er sah weiter zu Rahel, als wollte er ihr Einverständnis einholen. Sie ahnte, worauf er hinauswollte, und ein Lächeln erschien auf ihrem Gesicht. Sie nickte Papa zu.

„Sollte der Täter von der Polizei gefasst werden, stehe ich Ihnen selbstverständlich zur Verfügung, wenn Sie zivilrechtlich gegen ihn vorgehen wollen oder Hilfe bei den versicherungsrechtlichen Fragen brauchen. Und meine Assistenten hier ...", er zeigte auf Rahel, Silas, Ronny und Anton, „können sich gleich mit ihren Fahrrädern auf den Weg machen und die umliegenden Dörfer absuchen. Wir haben auf jeden Fall eine größere Chance, je mehr Augen nach dem Fahrzeug suchen."

Bauer Langenhagen strahlte. Er griff nach Papas Hand und zerquetschte sie fast.

„Hervorragende Idee. Dann sind wir im Geschäft. Tausend Euro ..." Er stockte und verbesserte sich schnell: „... oder sagen wir fünfhundert Euro für den, der diesen miesen Kerl findet."

Der Bauer ließ endlich Papas Hand los, wandte sich wieder Opa zu und klopfte ihm auf die Schulter.

„Komm, Pit, gehen wir rein und besprechen das, wozu ich eigentlich gekommen bin. Wir können auch drinnen auf deine Kollegen warten."

Opa drehte sich wortlos um und ging voran.

„Da hätten wir unseren zweiten Fall. Danke, Papa!", sagte Rahel zufrieden, als die beiden Männer im Haus verschwunden waren.

Auch Mama und ihre Freundin probten schon weiter.

„Na ja, es klingt nicht so besonders spannend", meinte Silas.

Der Gedanke an die Fahrradkilometer, die womöglich vor ihnen lagen, schlug ihm auf den Magen, obwohl er sich doch vorgenommen hatte, mehr Sport zu machen. Sein Freund berechnete bereits im Kopf, wie viel Euro ihm noch zu einem eigenen Notebook fehlten, sobald sie den Unfallwagen ausfindig gemacht hatten.

„Egal, muss nicht spannend sein. Hauptsache, es ist weniger gefährlich, als sich mit Drogenhändlern anzulegen", sagte Ronny dann zufrieden.

Er konnte nicht ahnen, wie sehr er sich zumindest in diesem letzten Punkt verrechnet hatte.

ESTELLE

„Sieh mal einer an, welche Ehre! Die Helden aus der Rheinzeitung! An unserer Schule!“ Provozierend stand Nora aus der 9a mit offenem Mund vor Rahel, Ronny und Silas, die gerade zu dritt das Matthias-Claudius-Gymnasium betreten hatten. Sie war aufgetakelt wie ein Filmstar aus Hollywood und tat so, als würde sie vor Freude in Ohnmacht fallen. Aber die schauspielerische Leistung war schlecht. Rahel erstarrte.

„Oh, königliche Hoheit, Rahel von Dortmund“, sagte Viola, Noras Freundin. Sie kicherte albern und verbeugte sich. „Na, heute wieder auf Hühnchen-Fang?“

Rahel wäre am liebsten im Erdboden versunken. Wie war der Reporter nur auf diesen unglücklichen Vergleich gekommen?!

„Hallo Fans“, grüßte Ronny. „Ist doch seltsam, Silas, oder? Obwohl Marco von der Schule geflogen ist, sind hier immer noch Idioten unterwegs. Vollidioten erst recht.“

„Krieg ich ein Autogramm, Rahel?“

Nick, Noras Freund aus der 10b, ließ sich auch von Ronnys Schlagfertigkeit nicht stoppen.

„Lass Rahel in Ruhe“, sagte Ronny und machte einen Schritt auf Nick zu, der zu ihm aufsehen musste, obwohl er eine Klasse höher war.

Rahel fehlten die Worte. Nicht nur, weil Ronny sie verteidigte, sondern auch, weil der Empfang schlimmer war, als sie befürchtet hatte. Sie schluckte die aufsteigenden Tränen hinunter und stürmte mit zusammengekniffenen Lippen an dem gemeinen Trio vorbei. Als sie sich kurz vor Ende des Flurs umsah, ob die Jungs ihr folgten, stieß sie mit jemandem zusammen.

„Hey", sagte dieser jemand, klang dabei aber eher überrascht als empört.

„Au", sagte Rahel und drehte ihren Kopf zu dem menschlichen Hindernis um.

Dieses Hindernis war ein ganzes Stück kleiner als sie und ein Mädchen. Es hatte große, dunkle und traurige Augen. Das war das Erste, was Rahel sah. Dann nahm sie die anderen, eigentlich auffälligeren Details wahr.

„Was ist?", sagte das Mädchen. „Hast du noch nie eine Schwarze gesehen?"

Natürlich hatte Rahel schon farbige Menschen gesehen! Sie gehörten in Dortmund zum normalen Straßenbild. Aber waren sie hier am Gymnasium in der Eifel auch normal? Sie musste nicht lange überlegen. Die Antwort lautete: Nein.

„Ich bin die Einzige hier, stimmt's?", seufzte das Mädchen und fuhr sich durch die mittellangen, krausen Haare.

„Du bist ja gar nicht richtig schwarz", wehrte Rahel ab, als müsste sie die Aussage relativieren. „Eher milchkaffeebraun, also fast so weiß wie ich."

Das Mädchen schloss kurz die Augen und schüttelte den Kopf.

„Lass das bitte, ich musste mir heute schon genug Sprüche anhören. Weißt du, wo die 8a ist?"

„Klar, das ist meine Klasse. Folge mir einfach. Ich bin auch noch relativ neu hier. Von wo kommst du?", fragte Rahel und bog um die Kurve.

„Äh ... von ... aus Kaiserslautern."

„Nee, ich meine, von wo kommst du wirklich?", sagte Rahel und starrte das Mädchen unauffällig von der Seite an.

„Wie, wirklich? Was soll das denn heißen? Ich bin in ... Kaiserslautern geboren."

„Nee, ich meine deine Eltern."

„Na super! Noch so ein Spruch. Aber bitte: Mein Papa ist auch in Kaiserslautern geboren. Er ist reinrassig deutsch und weiß wie Schnee. Nur meine Mama kommt aus Burundi. Sie ist schwarz wie die Nacht und trommelt, wenn ich zum Essen kommen soll. Wir essen mit den Fingern und danach basteln wir aus den abgenagten Knochen Halsketten ..."

„Oh, entschuldige bitte", unterbrach Rahel das Mädchen und blieb stehen. „Es tut mir leid, so habe ich das überhaupt nicht gemeint. Ich habe einfach nicht nachgedacht. Hatte selber nicht so einen guten Start heute."

Das Mädchen lachte befreit auf. Ihr Lachen klang warm und freundlich. Auch ihre Augen sahen gleich fröhlicher aus.

„Danke", sagte sie.

„Wofür?", fragte Rahel. Jemand lief vorbei und rempelte sie an. „He, pass doch auf!", rief sie dem Rempler hinterher.

„Dafür, dass du zugibst, nicht nachgedacht zu haben. Du ahnst nicht, wie diese Klischees nerven", erklärte das Mädchen.

„Klischees?"

„Ja, eine vorgeprägte Denkweise. Ein abgegriffenes und durch allzu häufigen Gebrauch verschlissenes Bild oder Ausdruck. Vor allem aber ein Rede- und Denkschema, das ohne individuelle Überzeugung einfach unbedacht übernommen wird."

Rahel blieb der Mund offen stehen.

„Alles klar! Wo hast du das her?"

„Wikipedia", grinste das Mädchen. „Kommt ganz gut, wenn man so was parat hat. Bin sonst nicht so schlagfertig."

„Aber ehrlich bist du", sagte Rahel lächelnd und streckte die Hand aus. „Fangen wir am besten noch einmal von vorne an. Hallo! Ich heiße Rahel Schmickler, geboren in Dortmund. Und wer bist du?"

Das Mädchen ergriff die Hand, ohne zu zögern.

„Estelle Couderc aus Kaiserslautern. Schön, deine Bekanntschaft zu machen."

„Freut mich auch."

Rahel sah Estelle noch einmal genau an. Ihre sportliche Figur steckte in blauen Jeans und einem gelben Pullover. Sie war nicht geschminkt und trug Turnschuhe. Obwohl sie klein war – Rahel schätzte sie auf 1,55 m –, wirkte sie eher fraulich als mädchenhaft, denn im Gegensatz zu ihrem größeren Gegenüber hatte sie erkennbare Rundungen.

„Guten Morgen!"

Ein junger Lehrer ging grüßend an ihnen vorbei. Er musste auch neu sein, Rahel hatte ihn noch nie gesehen.

„Guten Morgen!", grüßte sie zurück.

Estelle erwiderte den Gruß nicht, sondern schaute zu Rahel.

„Gehen wir? Sonst kommen wir noch zu spät."

Rahel nickte und ging weiter zur breiten Steintreppe, die in den ersten Stock führte.

„Musst du noch zum Direx heute? Dann kann ich dir in der Pause das Sekretariat zeigen", fragte sie.

„Danke, nicht nötig, das habe ich schon erledigt."

„Ah ja. Warum seid ihr hergezogen?", fragte Rahel weiter, um keine peinliche Stille entstehen zu lassen.

„Mama hat eine Arbeitsstelle im Rheka-Laden bekommen, als … Verkäuferin."

„War das der Grund für den Umzug? Als Verkäuferin kann man doch überall eine Stelle kriegen, dachte ich. Warum so weit weg von Kaiserslautern?", hakte Rahel nach.

„Du bist aber ganz schön neugierig", bemerkte Estelle.

„Oh, tut mir leid. Du musst ja nichts erzählen, was du nicht willst. Wir sind hierhergezogen, weil mein Opa in Brehl wohnt. Er brauchte Hilfe auf dem alten Familienhof und bei der Betreuung von Onkel Anton. Mein Onkel Anton ist auf dem Stand eines Achtjährigen, aber er hat 40 Jahre Lebenserfahrung und einen Hund, der ihn von überall nach Hause führt und außerdem Drogen erschnüffeln kann. Ich habe noch einen Bruder, Silas, der ist auch hier an der Schule, und eine Schwester, die in den USA Medizin studiert. Meine Mutter ist eigentlich Opernsängerin und … "

„Danke, danke, das reicht für den Anfang", stoppte Estelle sie lachend. Sie hatte schöne weiße und gerade Zähne. Rahel musste einfach kurz da hingucken. „Davon vergesse ich ja die Hälfte sowieso wieder."

„Okay. Was willst du mir erzählen?", fragte Rahel.

Mittlerweile waren sie vor dem Klassenraum angekommen. Es war noch Zeit bis zum Unterrichtsbeginn.

„Na ja, ich habe gar keine Geschwister. Und Mama musste aus Kaiserslautern weg, weil … es mit Papa nicht mehr so geklappt hat. Sie fühlt sich hier besser, und Papa …"

Estelle schaute von Rahel weg auf die gegenüberliegende Wand. Immer mehr Schüler und Schülerinnen der 8a drängelten sich auf dem Flur und strömten in das Klassenzimmer. Estelle stockte. Offensichtlich war es ihr unangenehm, über die Situation ihrer Eltern zu sprechen. Doch dann gab sie sich einen Ruck.

„Also, er kommt uns nur ab und zu besuchen. Wenn er mal gerade Zeit hat", beendete sie den angefangenen Satz.

Rahel nickte nur stumm und stöhnte leise, als Frau Müller um die Ecke bog. Sie hatte jetzt die erste und zweite Stunde in der 8a Unterricht. Über ihrer Schulter hing eine helle Ledertasche, und im rechten Arm hielt sie einen Stapel DIN-A4-Hefte.

Gekonnt stöckelte sie mit ihren High Heels auf die Tür zu. Mit ihrer freien Hand scheuchte sie die Mädchen dabei vor sich her.

„Alors! 'inein mit eusch! Auf eure Plätze. 'eute wir schreiben eine 'AÜüü."

„Eine was?", fragte Estelle.

„Eine HÜ, Hausaufgabenüberprüfung. Prima, das hat mir gerade noch gefehlt."

Rahel schmiss ihren Rucksack auf den Tisch, als sich Frau Müller an Estelle wandte.

„Ah! Voilà un nouveau visage! Tu fais partie de cette classe maintenant?"

„Oui. Bonjour, Madame! Je m'appelle Estelle Couderc et je suis la nouvelle eléve de Kaiserslautern", sprudelte Estelle auf Französisch hervor.

Ob man in Burundi diese Sprache sprach? Madame Müller riss entzückt die Augen auf.

„Oh, was für eine Glüück! Très bien! Eine Muttersprachlerien, genau wie isch! Man 'ört nur eine leischte afrikanische Akzent. Aber das macht nieschts. Das macht gar nieschts!"

Es fehlte nur noch, dass die Lehrerin die Hand ausstreckte und die Wange der neuen Schülerin tätschelte, als hätte sie ein süßes Baby vor sich. Rahel sah, wie Estelle ein wenig von ihrer tadellosen aufrechten Haltung verlor, und meldete sich schnell.

„Ja, bitte, Ra'el?"

„Estelle kann bei mir sitzen. Hier ist noch frei."

„Das ist sehr freundlisch von dirr."

Während Frau Müller in ihrer Tasche kramte, beugte sich Rahel zu Estelle.

„Sie hat auf jeden Fall einen viel stärkeren Akzent, wenn sie Deutsch spricht, als du im Französischen", flüsterte sie dem Mädchen zu. „Und mein Französisch ist grauenhaft."

MÜHSAME RECHERCHE

„Leute, wartet mal, ich brauche eine Pause!"

Silas bremste, fuhr an den Straßenrand und guckte auf seinen Kilometerzähler. Rahel und Ronny verlangsamten ihr Tempo, wendeten und rollten zu Silas zurück.

„Wir haben jetzt jeden Winkel in Burgenach abgegrast und nirgendwo eine Spur von diesem blöden Transporter gefunden. Ich finde, wir haben uns ein Eis verdient", schnaufte er und wischte sich den Schweiß von der Stirn.

Sein Gesicht war rot und der Helm verrutscht. Auch Rahel warf einen Blick auf den Fahrradcomputer.

„Nicht mal 30 km, selbst wenn ich die 6 km von zu Hause aus mitrechne. Machst du echt schon schlapp?"

Silas warf ihr einen bösen Blick zu.

„Von Schlappmachen war nicht die Rede, sondern von Pause. Erbarmen, Rahel! Ich brauche dringend Kalorien."

„Na gut", gab seine Schwester nach. „Zu Nazarro?"

„Jawohl", stimmte Ronny zu. „Der hat das beste Eis. Für eine Kugel reicht mein Geld."

„Super, aber lasst mich noch einen Augenblick nach Luft schnappen."

Silas hielt sein Gesicht in die Sonne, die heute sehr warm war. Rahel dachte an das Freibad und ob sich wohl noch eine Saisonkarte lohnte. Sie musste Opa mal fragen. Eigentlich cool, dass das kleine Schwimmbad in Brehl mit dem Fahrrad und sogar zu Fuß zu erreichen war.

„Mann, ich hätte nie gedacht, dass Detektivarbeit so langweilig sein kann“, meinte sie.

Silas öffnete die Augen.

„Und so anstrengend“, stöhnte er.

„Und so ohne Ergebnis“, sagte Ronny. „Vielleicht hat ja euer Onkel mehr Erfolg. Reicht sein partiell fotografisches Gedächtnis auch für Autos?“

„Für Autos ja, aber ich bin mir nicht sicher, ob er sich Kennzeichen merken kann.“ Silas beugte sich über den Lenker, um seinen schmerzenden Rücken zu entlasten. „Sollen wir nicht lieber morgen weitermachen? In Bad Neuenbrehl?“

Rahel guckte auf die Uhr. Die Hausaufgaben für morgen waren zwar fertig, aber so bliebe noch Zeit für Französisch. Auch wenn Frau Müller sie erst Donnerstag wieder quälen würde, wäre die Aufgabe besser und schneller erledigt, solange sie noch einigermaßen wusste, was sie im Unterricht besprochen hatten.

„Ja, ist gut“, sagte sie deshalb. „Wollen wir jetzt zur Eisdiele oder hier Wurzeln schlagen?“

„Eisdiele“, nickte Silas und stieg auf sein Rad.

„Du, sag mal, wer war eigentlich heute Morgen die milchkaffeebraune Schönheit an deiner Seite? Geht die in deine Klasse?“, fragte Ronny und fädelte sich in den fließenden Verkehr ein.

„So, so, das fragt der, dem es nicht aufs Aussehen ankommt, ja?“, grinste Rahel.

Ronny blickte sich kurz um.

„Sag schon."

„Estelle Couderc aus Kaiserslautern. Sie sitzt seit gestern in Französisch neben mir."

Die Kinder fuhren schweigend weiter. Kurz vor dem Marktplatz am Rathaus stiegen sie ab und schoben die Räder, da hier nur Fußgänger erlaubt waren. Sie befanden sich jetzt oberhalb der Hauptstraße und konnten auf das erste Parkdeck des Parkhauses sehen, in dem sie vorletzte Woche Marco aus der Zwölf überwältigt hatten und kurz darauf von dem Kolumbianer entführt worden waren. Rahel blieb plötzlich kurz die Luft weg. Sie fröstelte und wandte schnell den Kopf ab. Doch Ronny hatte es genau gesehen.

„Warst du eigentlich schon mal wieder unten im Parkhaus?", fragte er wie beiläufig.

Rahel warf ihm einen finsteren Blick zu, aber Ronny redete weiter.

„Ich meine ja nur. Hab mal gehört, es ist besser, wenn man sich seinen Ängsten stellt ..."

Die Finsternis in Rahels Augen nahm bedrohliche Ausmaße an. Ronny schreckte fast vor dem Blick zurück.

„Schon gut", lenkte er ein. „Ich dachte ja nur, falls du jetzt runter willst, wir könnten mitkommen. Ist ja nur ein Angebot", erklärte Ronny.

„Ich pfeife auf dein Angebot!", fauchte Rahel los „Oder soll ich dich dann demnächst auch auf die Toilette begleiten? Schließlich hast du im Dixi-Klo festgesteckt. Sehe ich so aus, als wenn ich ein Problem damit habe, im Kofferraum eingesperrt gewesen zu sein?"

Ja, dachte Ronny, *allerdings. Du siehst aus, als hättest du schon Angst, nur dahin zu gucken.* Doch laut sagte er nur:

„Alle Menschen haben Probleme. Ist doch ganz normal."

„Ich nicht, ich will nur ein Eis", behauptete Rahel.

„Dann eben ein Eis."

Ronny zuckte die Schultern. Sie schoben die Räder über den Marktpatz und bogen nach links ab. Zur Eisdiele waren es nur noch ein paar Meter. Die Kinder lehnten die Drahtesel an eine Bank, und Ronny und Rahel stellten sich in die Schlange vor der Theke. Silas hatte es übernommen, auf die Räder aufzupassen, und ließ sich auf der Bank nieder.

„Ich nehme Stracciatella, Haselnuss und dunkle Schokolade", rief er seiner Schwester zu.

„Gut!", sagte Rahel. Dann stieß sie Ronny an und zeigte auf die Straße, die hinunter zum Kreisel führte. „Da kommt deine milchkaffeebraune Schönheit."

„Psst!", fuhr Ronny sie an.

Rahel winkte Estelle, die wohl auch nach einer Abkühlung suchte, denn sie steuerte schnurstracks auf das Eiscafé Nazarro zu. Sie war zu Fuß und trug ein buntes Sommerkleid in hellen Farben. Ihr Gang war federnd, und sie machte kleine Schritte. Richtig elegant sah sie aus. Rahel sah kurz an sich und ihrer fleckigen, alten Jeans herunter. Jetzt hatte Estelle Rahel entdeckt, und ein Lächeln erschien auf ihrem Gesicht.

„Hi", sagte Rahel, als Estelle sich hinten in die Schlange stellte.

Dann war sie auch schon dran. Der Eisverkäufer erledigte die Bestellungen im Nu.

„Wir stehen da drüben an der Bank!", lud Rahel Estelle ein und zeigte zu Silas.

Ihre neue Klassenkameradin nickte und öffnete ihre Handtasche, um ein Lederportemonnaie herauszunehmen. Eine leichte Röte überzog ihr hellbraunes Gesicht. Sie freute sich über die Einladung. Rahel und Ronny schlenderten zu Silas hinüber. Mit einem glücklichen Grunzen biss Rahels Bruder ein Stück von der obersten Eiskugel ab.

„Das schmeckt!", schwärmte er mit vollem Mund.

Ronny verzog das Gesicht.

„Tut das nicht weh an den Zähnen?“

Kauend schüttelte Silas den Kopf.

„Wenn du weiter so schlingst, nimmst du nie ab“, sagte Rahel nüchtern.

Ihr Bruder erwiderte nichts, obwohl er kurz aussah wie ein kleiner Hund, dem ein größerer seinen Knochen weggenommen hat. Immerhin winselte er nicht. Aber er hörte auf zu kauen und begann stattdessen, vorsichtig an dem Eis zu schlecken.

„Charmant wie immer, unsere liebe Rahel“, murmelte Ronny.

„Wieso? Ich habe doch recht.“

„Darauf kommt es nicht immer an.“

„Worauf dann?“

„Glaubt ihr, dass der metallic-blaue Transporter überhaupt noch in der Nähe ist?“, fragte Silas dazwischen. „So langsam zweifle ich daran. Zwei Nachmittage ohne Ergebnis. Gestern Brehl und zwei benachbarte Dörfer. Heute Burgenach. Der hätte uns doch mal über den Weg fahren müssen, wenigstens kurz …“

„Ich weiß nicht, man muss halt dranbleiben und durchhalten, schätze ich“, antwortete Ronny. „Gründlich suchen und auf Glück hoffen. Euer Vater meinte doch, statistisch gesehen sei es am wahrscheinlichsten, dass jemand besoffen gefahren ist und dann abhaut, weil er seinen Führerschein nicht verlieren will.“

„Nicht besoffen, ‚alkoholisiert‘ hat Papa gesagt“, verbesserte Silas. „Am häufigsten machen das junge Männer.“

„Hallo, Rahel“, grüßte Estelle leise und stellte sich mit etwas Abstand zu ihnen.

In der rechten Hand hielt sie eine Waffel mit Eis. Um das Hörnchen hatte sie ein glattgebügeltes, schneeweißes Stofftaschentuch gewickelt. Rahel vergaß fast, den Gruß zu erwidern. Sie wischte sich ihre klebrigen Hände an der alten Jeans ab.

„Hi, Estelle“, sagte sie noch einmal. „Wir sprechen gerade über ein Auto, nach dem wir suchen.“

„Oh, natürlich, ihr seid die Detektive aus dem Lokalteil der Zeitung! Leibhaftig. Willst du mir deine Geschäftspartner nicht vorstellen?“

Rahel, Ronny und Silas rissen die Augen auf. Wie drückte die sich denn aus? Silas hörte sogar kurz auf, an seinem Eis zu schlecken. Es war ohnehin fast aufgegessen.

„Ich bin Ronny … Ronny Till. Aus der 9b“, sagte der dünne, große Junge als Erster.

Er war knapp dreißig Zentimeter größer als das Mädchen vor ihm und beugte sich automatisch etwas vor, obwohl seine laute, tiefe Stimme sicherlich unten ankam.

„Freut mich, Ronny“, sagte Estelle.

„Silas, Rahels Bruder“, sagte Silas. „Ebenfalls 9b.“

„Dann wäre das ja erledigt“, meinte Rahel. „Wohnst du hier in Burgenach?“

„Äh, ja. Woher weißt du das?“, wunderte sich Estelle.

„Du bist zu Fuß unterwegs und siehst aus, als seist du gerade erst von zu Hause los. Du hast keine Jacke an und Schuhe, die nicht für einen langen Spaziergang geeignet sind“, zählte Rahel auf. Jetzt war Estelle überrascht.

„Danke, Sherlock“, mischte sich Ronny ein.

So schnell wollte er sich die Chance auf ein Gespräch mit Estelle nicht entgehen lassen. Er fischte einen zerknitterten Farbausdruck aus seiner Hosentasche, faltete das Blatt auseinander und hielt es dem Mädchen hin.

„So wie der Bauer den Wagen beschrieben hat, war es wohl ein älterer Ford Transit ohne Fenster“, erklärte er.

„Er war sich ziemlich sicher, dass es ein Transit war“, ergänzte Rahel bestimmt.

„Jedenfalls sieht der so aus", sagte Ronny und tippte auf den Ausdruck. „Wenn du hier wohnst, kannst du ja auch die Augen offenhalten. Gute Idee von Rahel", gab er zu. „Zehn Augen sehen mehr als acht."

Er grinste schief. Estelle griff mit der freien Hand nach dem Ausdruck, auf dem das Auto aus mehreren Perspektiven zu sehen war.

„Der Bauer?!", fragte sie.

„Ja, das ist der, dem der Transit in seinen geliebten Oldtimer gefahren ist. Deswegen suchen wir danach", erklärte Ronny.

Ein junger Mann reihte sich in die Schlange vor der Eisdiele ein. Sein T-Shirt konnte die muskulösen Arme nicht verbergen, obwohl es nicht eng anlag. Er schaute kurz zu der Bank mit den Kindern, wandte den Kopf aber ab, als er Rahels Blick auffing. Silas' Schwester sah ihn noch eine Weile an. Sie war sich sicher, dass sie ihn schon einmal irgendwo gesehen hatte. Dummerweise fiel ihr gerade nicht ein, wo. Auch Estelle hatte den Mann bemerkt, beachtete ihn aber nicht. Sie beugte sich über die Bilder von dem Transit und sah sie sich genau an. Dann gab sie Ronny das Blatt zurück und ließ das letzte Stück ihrer Eiswaffel im Mund verschwinden. Sie faltete das makellose Taschentuch wieder zusammen. Dann nahm sie eine winzige Packung mit Feuchttüchern aus ihrer Handtasche und ließ stattdessen das Taschentuch in die Tasche gleiten. Sorgfältig säuberte sie alle zehn Finger. Zum zweiten Mal fühlte sich Rahel irgendwie im falschen Film.

„Willst du auch eins?", fragte Estelle und hielt Rahel das Päckchen mit den Reinigungstüchern entgegen.

Immer noch sprachlos griff Rahel nach einem Feuchttuch, als der Mann aus der Schlange wieder zu ihnen hinsah. Fast unmerklich bewegte er den Kopf ruckartig nach links, als wolle er jemandem ein Zeichen geben. Dann sah er schnell wieder zu Boden. Doch bevor Rahel die anderen darauf hinweisen konnte, verabschiedete sich Estelle plötzlich.

„Tut mir leid, ich muss weg", sagte sie hastig und ließ die Feuchttücher in die Tasche fallen. „Wir sehen uns morgen in der Schule, und ich halte die Augen offen."

Ehe Rahel nachfragen konnte, wohin Estelle so schnell musste, hob die ihre Hand, winkte den Jungs zu und war in Richtung Innenstadt verschwunden. Der junge Mann aus der Warteschlange schien seinen Appetit auf ein Eis verloren zu haben. Kurz bevor er dran war mit seiner Bestellung, trat er aus der Reihe und schlenderte auf den Optiker zu. Dort blieb er nur kurz vor dem Schaufenster stehen. Dann ging er dieselbe Straße entlang, die auch Estelle gewählt hatte. Rahel stieß Silas an.

„Guck mal, kennst du den? Der stand gerade noch hier für ein Eis an."

Ronny guckte in die Richtung, in die Rahel zeigte. In diesem Moment schaute sich der Mann kurz um.

„Klar kenne ich den. Das ist der neue Sportlehrer, Herr Schöne." Ronny lachte. „Passt, der Name. Er sieht aus wie der kleine weiße Bruder von Dwayne the Rock Johnson. Nur die Frisur ist schöner."

Rahel sah verwirrt aus.

„Äh, the Rock hat 'ne Glatze?!", erklärte Ronny und wartete darauf, dass sein Witz bei Rahel ankam, aber deren Gesicht verzog sich nicht einmal zu einem Lächeln.

„Schon gut", gab Ronny auf. „Der ist die Aushilfe für Frau Schulz. Sie bekommt ein Baby."

„Ach ja!"

Jetzt erinnerte sich Rahel an die kurze Begegnung auf dem Flur vor ihrem Klassenraum. Der Aushilfslehrer hatte sie gegrüßt, aber die Ähnlichkeit mit dem kanadisch-amerikanischen Schauspieler hielt sich ihrer Meinung nach in Grenzen.

„Alles klar. Dann kriegen wir den auch. Aber was will er von Estelle? Es sieht aus, als wenn er ihr folgt."

Nachdenklich und immer noch ernst schaute sie dem Lehrer hinterher.

MOBBING AM MITTWOCH

Rahel, Silas und Ronny waren heute genauso spät dran wie gestern. Das war Absicht, denn wenn sie nicht allzu pünktlich zum Unterricht kamen, konnten die Kontakte mit Nora, Viola und Nick auf ein Minimum reduziert werden. Während Silas und Ronny zur Sporthalle abbogen, ging Rahel rasch auf den Haupteingang des Matthias-Claudius-Gymnasiums zu. Doch als sie in die Halle trat, zögerte sie, denn sie sah Nora noch am Anfang des Ganges stehen, der zur Treppe in die höheren Stockwerke führte. Genau dort musste sie auch hin. Als Nora verschwunden war, folgte sie ihr zum Fuß der Treppe.

„Sag mal, kann ich deine Haare mal anfassen?“, klang Noras alberne Stimme durchs Treppenhaus. Dann folgte eine kurze Stille, bevor zwei weitere Fragen gestellt wurden. „Oh, sprichst du kein Deutsch oder warum antwortest du nicht?“

Alarmiert hob Rahel den Kopf. Tatsächlich! Nora hatte ein neues Opfer gefunden und zwar eines, das sich noch weniger wehren konnte. Fast oben auf der Treppe ging Estelle. Nora hatte sie eingeholt. Viola wartete oben auf ihre durchgestylte Freundin und guckte spöttisch. Rahel presste die Lippen aufeinander und merkte, wie Wut in ihr aufstieg. Das ging eindeutig zu weit! Es war schließlich egal, welche Hautfarbe ein Mensch hatte, und zwei gegen einen war sowieso feige.

„Lasst bloß Estelle in Ruhe, ihr blöden Kühe!", rief sie drohend von unten.

„Sonst was, Frau Superstar?", fragte Nora und drehte sich zu Rahel um. „Hast du dich in unser kleines Bounty hier verliebt und musst ihre Ehre verteidigen?"

„Sag mal, geht's noch? Was ist das denn für ein doofer Spruch?"

Rahel war die Treppe nach oben gesprintet und hatte sich neben Estelle gestellt, die hilflos guckte. Ihre Augen waren weit aufgerissen und sahen noch trauriger aus als sonst.

„Sag bloß, du merkst nicht, dass die nach Kokosnuss stinkt? Ist das deiner Spürnase entgangen?", stichelte Nora weiter.

Rahel wurde rot. Sie sah aus, als würde sie gleich wie ein Pitbull auf Nora und Viola losgehen. Estelle fasste sie schnell am Arm.

„Lass, das hat keinen Zweck", sagte sie so leise, das nur Rahel sie hören konnte. „Die hat seit vorgestern nichts dazugelernt."

„Alles in Ordnung, Kleine?"

Nick schaute aus seinem Klassenraum, als er die Stimme seiner Freundin hörte.

„Klar, ich habe alles im Griff", behauptete Nora und stolzierte mit Viola davon. „Ciao, Kakao!"

Rahel schnaubte.

„Bei so viel Dummheit vergesse ich glatt mein gutes Benehmen. Der müsste mal dringend jemand eine Abreibung verpassen. Warum wehrst du dich nicht?"

„Weil ich das nicht gewohnt bin. Außerdem ist es dumm, sich provozieren zu lassen", antwortete Estelle und starrte zu Boden.

„Rassismus ist auch dumm", gab Rahel zurück.

„Das wollen sie ja nur, dass du zuschlägst", erklärte Estelle und sah wieder hoch. „Mein Onkel in … äh, Kaiserslautern hat genau deswegen bis heute eine kaputte Hand. Er hat dasselbe gesagt wie du gerade. ‚Rassismus ist dumm!', hat er geschrien und ausgeholt, um einem Weißen die Faust ins Gesicht zu schlagen, der ihn als ‚Nigger' beschimpft hat."

Rahel sah aus, als fände sie die Idee gar nicht so schlecht.

„Nur hat der Weiße sich leider rechtzeitig geduckt. Mein Onkel hat die Wand getroffen und sich drei Finger gebrochen. Mama hat daneben gestanden und eiskalt gesagt: ‚Und? Wer ist jetzt dumm? Der Rassist oder du? Jetzt hast du zweimal verloren. Du hast die Schmerzen und du hast seine Vorurteile bestätigt: schwarz gleich gewalttätig.'"

Rahel musste lachen und entschuldigte sich sofort.

„Tut mir leid, ist ja nicht wirklich lustig."

Estelle lächelte.

„Mama hat mir die Geschichte schon so oft erzählt, dass es mir vorkommt, als sei ich dabei gewesen. Ich habe keine Lust auf blutige Finger. Damit ändert man die anderen nicht."

Sie wandte sich der nächsten Treppe zu, die zum Flur führte, auf dem die 8a lag.

„Außerdem ist das die erste Schule, die ich besuche. Jedenfalls als Teenie. Ich will nicht gleich unangenehm auffallen, aber ich hatte es mir einfacher vorgestellt. Muss wohl noch lernen, damit klarzukommen", seufzte Estelle.

„Heißt das, du warst noch nie auf einer Schule? Wo hast du denn dann gelernt? Du bist doch richtig gut in allen Fächern?!", fragte Rahel erstaunt.

Bevor Estelle antworten konnten, klingelte es, und die Mädchen betraten den Klassenraum. Aber nach den ersten beiden Stunden wusste Rahel trotzdem, dass Estelles Mutter 1995 als Au-pair-Mädchen nach Deutschland gekommen war.

Eine ältere Freundin, die schon in einer deutschen Familie arbeitete, hatte sie empfohlen. Die beiden Frauen aus Burundi hatten die freien Tage gemeinsam verbracht und sonntags zusammen dieselbe katholische Kirche besucht. Während der Woche besuchten sie Deutschkurse. Mit den Kindern ihrer Gastfamilie hatte Nadine, so hieß Estelles Mutter, dagegen nur Französisch gesprochen. Eines Tages war Estelles Papa in ihr Leben getreten. Damals war er ein einfacher Mann mit einer Vorliebe für Frankreich gewesen, der sich sofort in ihre Mutter und ihre Sprache verliebt hatte. Später war er reich geworden und viel in Europa unterwegs gewesen. Da er Frau und Kind gern bei sich hatte, war Estelle meist von Privatlehrern und ihren Eltern unterrichtet worden. Nun ja, jetzt wollte er sie wohl nicht mehr bei sich haben.

Silas betrat im Sportzeug die Turnhalle und sah sich unsicher um. Hoffentlich blamierte er sich nicht allzu sehr. Ronny stand neben ihm und konnte es kaum erwarten. Neben Mathe und Informatik war Sport sein Lieblingsfach, und nun würde er endlich mal wieder einen männlichen Lehrer haben. Vielleicht ließ er sie sogar Hockey spielen. Aber erst einmal schien Herr Schöne aus der 9b so eine Art Marathonläufer-Mannschaft machen zu wollen.

„Los, los, meine Damen und Herren! Keine Müdigkeit vortäuschen! Wir laufen uns in leichtem Trab warm."

Nach zehn Runden wagte Mirko zu fragen:

„Wann sind wir denn warm genug, Herr Schöne?"

„Wenn ich es sage", antwortete der Lehrer, der die ganze Zeit mitlief und aussah, als käme er gerade aus einem Erholungsurlaub zurück. „Wir ziehen jetzt das Tempo an."

„Was?!", stöhnte Silas.

Ihm lief bereits der Schweiß aus allen Poren. Die Kleidung klebte ihm auf der nassen Haut. Ronny versuchte, ihm Mut zu machen, und lief weiter recht langsam direkt vor ihm her. Heute hatte sein Shirt hinten einen Spruch aufgedruckt. „Ich rege mich nicht auf, die anderen regen mich auf!", las Silas, während er durch die Halle stolperte.

„So, wer nicht mehr kann, geht bitte weiter, aber nicht im Schneckentempo, junger Mann."

Herr Schöne zeigte auf Rahels Bruder.

„Boah, war der beim Militär?", murmelte Silas, ging aber brav schneller.

Endlich, nach gefühlten hundert Kilometern, durften sie sich in zwei Reihen aufstellen. Herr Schöne fragte die ersten beiden Schüler nach ihrem Namen und hakte sie im Klassenbuch ab. Dann mussten sie einen Sprint bis zur anderen Seite der Halle hinlegen, während er die nächsten eintrug. Nachdem alle durch waren, ließ Herr Schöne sie ein zweites Mal rennen und sagte ihre Namen auswendig auf.

„Respekt, der gibt sich jedenfalls Mühe, die Namen schnell zu lernen", sagte Silas.

„Ich glaube, ich hatte noch nie einen Lehrer, der so schnell war", meinte Ronny. „Wenn er unsere Namen nächste Stunde noch weiß, frage ich ihn, wie er das gemacht hat."

„So, genug gefaulenzt", kündigte Herr Schöne an. „Weiter geht's mit Gymnastik."

Die dann folgenden Dehnübungen, Kniebeugen, Liegestützen und das Bauchmuskeltraining waren selbst für den Sportliebhaber Ronny zu viel. Morgen würde ihm jeder Muskel wehtun, das wusste er jetzt schon.

„So, jetzt habt ihr die Wahl. Zum Abschluss eine Runde Fußball oder etwas Selbstverteidigung?", fragte der Lehrer fünfzehn Minuten vor Ende der Doppelstunde.

„Selbstverteidigung? Habt ihr das in Dortmund schon mal gemacht?", fragte Mirko Silas.

Er war ebenso krebsrot im Gesicht wie Rahels Bruder.

Der schüttelte den Kopf, dass die Schweißtropfen nur so durch die Gegend flogen.

„Nee, aber alles ist besser als jetzt auch noch ein Laufspiel. Alles, nur kein Fußball", keuchte er.

„Also, wer ist für Fußball?", fragte der Lehrer.

Keine einzige Hand ging nach oben.

„Dann Selbstverteidigung. Komm mal bitte her, Silas."

Rahels Bruder seufzte innerlich. Das würden fünfzehn lange Minuten werden! Aber wider Erwarten verging die Zeit schnell. Herr Schöne war offensichtlich auch hier in seinem Element. Er erklärte, warum es nicht nur für die Mädchen gut war, wenn man sich notfalls selbst verteidigen konnte, und warum das Notwehrrecht ein gutes und wichtiges Recht war. Es war wichtig, keine Angst vor Strafe zu haben und einen Angriff schnell und überraschend abzuwehren. Wenn man Erfolg haben wollte, musste man selbstbewusst auftreten. Er ließ erst Silas, dann auch alle anderen laut um Hilfe schreien. Danach übten sie Wegschubsen und Wegrennen. Ein ergrauter Lehrer, der mit seiner Klasse in der dritten Stunde dran war, schaute kurz in die Halle, weil er sehen wollte, wer da so einen Krach machte. Kopfschüttelnd zog er sich schnell wieder zurück, als er die seltsamen Übungen sah.

„Diese Aushilfslehrer und ihre verrückten Methoden ...", murmelte er.

Zum Schluss zeigte Herr Schöne mit Silas' Hilfe, was man tun kann, um den Druck auf den Kehlkopf zu mindern, wenn man gewürgt wird. Er ließ ihn die Schultern hochziehen und den Kopf zur Seite drehen.

„Aber das nur als Ausblick auf weitere Übungen", schloss er die Stunde. „Da machen wir demnächst weiter. Ab in die Pause."

Die Schüler ließen sich das nicht zweimal sagen. Im Waschraum hielt Silas seinen Kopf freiwillig unter den kalten

Wasserhahn. Als er seine Haare wieder trocken gerubbelt hatte und unter dem Handtuch hervorkam, grinste Ronny ihn an.

„Ich mag den Typen", meinte er, „auch wenn er ein bisschen übertreibt."

„Das ist kein Sportlehrer, sondern ein Folterknecht", bemerkte Silas und packte sein Handtuch in den Sportbeutel. „Die Mädchen können sich auf morgen freuen, da hat er in der Achten Unterricht."

In der Pause trafen die Jungs auf dem Schulhof auf Rahel und Estelle.

„Ei, wie siehst du denn aus?", fragte Rahel ihren Bruder und biss in ihr Pausenbrot. „War es so anstrengend?"

Estelle trank Wasser aus einer großen Trinkflasche und aß einen Apfel.

„Dem scheint es echt Spaß gemacht zu haben, uns zu quälen", sagte Silas und zuckte zusammen, als er den Sportlehrer plötzlich ganz in der Nähe sah. „Hat er mich gehört?"

„Nein, ich glaube nicht", meinte Ronny.

„Wo kommt der denn auf einmal her?", wunderte sich Rahel leise.

„Aus dem Lehrerzimmer, glaube ich", sagte Silas und trank sein Wasser in einem Zug aus.

Rahel wartete, bis ihr Bruder sich den Mund abgewischt hatte, dann erzählte sie von der hässlichen Szene am Morgen auf der Treppe. Estelle starrte auf ihre Fußspitzen, während Rahel sich aufregte. Es war ihr unangenehm, so im Mittelpunkt zu stehen, nur weil zwei Mädchen ihre Hautfarbe nicht mochten. Aber es tat auch gut, dass Ronny und Silas Rahels Meinung teilten und sich geschlossen auf ihre Seite stellten.

„Eigentlich überwiegen meine guten Erfahrungen in Deutschland", sagte Estelle, als auch sie ihre Trinkflasche geleert und sorgfältig den Verschluss zugedreht hatte. „Idioten gibt es überall, auch in Afrika. Warum soll ich mich über die hierzulande aufregen?"

„Stimmt", sagte Silas. „Trotzdem ist so etwas wie Mobbing nicht in Ordnung. Wer nichts dagegen unternimmt, der macht mit. Irgendwie jedenfalls."

Ronny und Rahel nickten.

„Vor Gott sind alle Menschen gleich wertvoll. Wir sollten sie auch so behandeln", schob Silas hinterher, und diesmal nickte nur Estelle. Sie lächelte Silas dankbar an.

„Entschuldigt, ich muss mal eben", sagte sie dann und wandte sich dem Schulgebäude zu. Vom Hof aus gab es zwei Eingänge, einen rechten und einen linken. Estelle schlug den Weg nach rechts ein. Rahel sah ihr nach. Nur deshalb bemerkte sie die Handbewegung des Sportlehrers. Er schien nach links zu winken. Estelle änderte ihre Richtung und wandte sich dem linken Flügel des Schulgebäudes zu. Rahel war so perplex, dass sie Ronny anstieß.

„Hast du das gerade auch gesehen?", fragte sie aufgeregt.

„Nein, was denn?"

Ronny folgte ihrem Arm, der auf Estelle zeigte, und Silas drehte sich um.

„Das ist unglaublich! Es sah gerade echt so aus, als wenn Herr Schöne bestimmen würde, auf welches Klo Estelle geht. Ich fasse es nicht. Er hat da so eine Bewegung mit der Hand gemacht, und sie hat die Richtung geändert."

„Warum sollte er?", fragte Silas. „Klo ist doch Klo, oder? Was soll an der einen Toilette besser sein als an der anderen?"

„Keine Ahnung", antwortete Rahel. „Mir fällt nur ein Unterschied ein. Die Toiletten im linken Flügel sind innen im Gebäude. Sie haben keine Fenster."

DER METALLIC-BLAUE TRANSIT

D… der hat nich gebetet!", posaunte Onkel Anton und zeigte ungeniert auf sein langhaariges Gegenüber.

Ronny stoppte den Esslöffel, der schon auf dem Weg zu seinem Mund gewesen war. Er wurde rot und sah verwirrt auf. Nervös zupfte er an seinem T-Shirt. Er hatte extra ein neues angezogen. „Fast Food löst keine Probleme, aber das tut ein Apfel auch nicht", stand darauf.

Opa schmunzelte, und Rahel kicherte. Mama warf ihr einen strengen Blick zu, worauf sie verstummte und sich entschuldigte. Vorsichtig legte Ronny den Löffel zurück auf den Tellerrand. Er wusste nicht, was er sagen sollte. Vor ihm und den anderen am Tisch stand eine sehr heiße, dampfende Suppe, die Mama zum Abkühlen schon einmal aufgefüllt hatte.

„Das ist okay, Anton. Ronny kann nicht wissen, dass wir vor dem Essen beten. Möchtest du denn für die Suppe danken?"

Anton wiegte sich vor und zurück.

„N… nee … nee. S… singen will ich", grinste er.

Mama nickte und stimmte das Tischlied an.

„Jedes Tierlein hat sein Essen, jedes Blümlein trinkt von dir, hast auch unser nicht vergessen, lieber Gott, wir danken dir!", sangen alle am Tisch, und es klang wie ein kleiner Chor.

Rahel konnte man kaum hören. Sie war rot wie eine Tomate geworden. Dieses Kinderlied war mega peinlich, aber Onkel Anton brüllte stotterfrei mit. Ronny erkannte die Melodie von „Kommt ein Vogel geflogen". Den Text hörte er allerdings zum ersten Mal.

„Amen, Amen …", kicherte Anton und rieb sich die Hände.

Dann tauchte er den Löffel in die Suppe.

„Guten Appetit", sagte Papa, der am heutigen Mittwoch ausnahmsweise mit am Tisch saß. Er war früher als sonst aus Leverkusen zurückgekommen, wo er drei Tage die Woche als Rechtsberater für ein Unternehmen arbeitete. „Wie war es in der Schule?"

Rahel seufzte und schob sich einen Löffel Süßkartoffelsuppe in den Mund. Sie war mit Kokosmilch püriert, und bei dem Geschmack musste sie erst recht an Estelle denken. Sie benutzte Kokosöl, um sich die Haare zu fetten, daher roch sie manchmal danach. Rahel mochte den Duft, den Nora als Gestank bezeichnet hatte. Während Silas und Ronny mehr oder weniger begeistert vom Sportunterricht erzählten, hing Rahel ihren Gedanken nach. Sie merkte kaum, wie ihr Teller leer wurde.

„Und du, Rahel, du sagst ja gar nichts", meinte Papa schließlich und schnitt sich eine Scheibe Baguette ab.

„Wie?"

„Wie war es bei dir in der Schule?"

Rahel seufzte noch einmal und berichtete dann von den beleidigenden Bemerkungen, die sie und vor allem Estelle über sich hatten ergehen lassen müssen.

„Ist Mobbing eigentlich strafbar?", fragte sie Papa.

„Das kommt darauf an. In manchen Fällen schon. Beleidigung ist zum Beispiel immer strafbar, und auch wenn das Opfer körperlich angegriffen wird, ist eine Grenze erreicht", erklärte Paul Schmickler. „Allerdings spricht man erst von

Mobbing, wenn jemand systematisch und über einen längeren Zeitraum hinweg schikaniert wird."

„Nach meiner Erfahrung sind die Leute, die so herumpöbeln, meistens selber schwach oder neidisch", warf Mama ein. „Sie gönnen euch euren Erfolg nicht oder beneiden Estelle, wenn sie so hübsch ist, wie du sagst." Ronny wurde schon wieder rot und sah schnell auf seinen Teller. „Also, eigentlich sind sie ganz arme Würstchen. Sie können einem nur leidtun", stellte Mama fest.

„Würstchen! Alle lauter arme, kleine Würstchen!", kicherte Onkel Anton den Refrain eines alten Liedes. Bei Liedtexten stotterte er nie.

Caruso seufzte und schaute sehnsüchtig zum Tisch. Es gab zwar keine Würstchen, sondern jetzt nach der Suppe Gulasch mit Nudeln, aber das roch genauso gut.

„Nein, Caruso", sagte Opa und wandte sich dann an Rahel. „Ich glaube, du hast das heute ganz gut gelöst. Du hast nicht mitgemacht und nicht weggesehen, sondern den Mund aufgemacht und Estelle verteidigt. Das ist die einzig richtige Strategie. Warte mal ab, meistens verlieren solche Leute dann das Interesse. Erst, wenn es nicht aufhört oder schlimmer wird, würde ich mehr unternehmen. Wenn du willst, kann ich dann mit euch zum Vertrauenslehrer gehen, falls das nötig sein sollte."

Rahel wurde es leichter ums Herz. Auch wenn sie jetzt schon wusste, dass sie auf keinen Fall ihren Opa mit in die Schule nehmen würde, tat es gut zu hören, dass man richtig gehandelt hatte.

„Wie weit seid ihr eigentlich in der Sache mit dem Lieferwagen?", fragte Papa und wechselte das Thema. Er schaute zu Silas und Ronny.

„Leider kein Stück weiter", antwortete Silas. „Weder in Burgenach noch in Brehl oder den benachbarten Dörfern gibt es irgendwo eine Spur von dem metallic-blauen Transit mit der Beule. Gleich wollen wir in Bad Neuenbrehl weitersuchen."

„Ist nicht so spannend, der neue Fall", ergänzte Rahel. „Das einzige Ergebnis bis jetzt ist, dass Silas ein Kilo abgenommen hat."

Ihr Bruder errötete, und Rahel fing wieder einen ermahnenden Blick von Mama auf.

„Wirklich?", fragte Opa.

„Na ja", meinte Silas. „Ich bin auf jeden Fall gewachsen. Einen halben Zentimeter", sagte er selbst schnell, bevor seine Schwester auch das ausplaudern konnte. „Aber ich versuche tatsächlich, mehr Sport zu machen, und vielleicht fahre ich demnächst sogar mit dem Fahrrad zur Schule."

„Gute Idee!", stimmte Opa zu. „Es ist ja auch nicht so weit."

„Nein, ist eigentlich Quatsch, immer den Bus zu nehmen. Jedenfalls bei gutem Wetter."

„Ja, Recherchearbeit ist langweilig und nicht immer sofort von Erfolg gekrönt", sagte Papa nachdenklich, als hätte er nicht mitbekommen, was Silas gerade gesagt hatte. „Aber ohne geht es nicht, und es ist wohl das, womit Detektive die meiste Zeit verbringen. Wenn man fleißig dranbleibt, auch Kleinigkeiten beachtet und eine Routine entwickelt, kommt man häufig ans Ziel. Wenn Gott Gelingen schenkt. Das gilt übrigens auch für das Bibellesen."

Niemand sagte etwas, denn Papas Gedankensprung konnte wohl nur er selbst nachvollziehen. Er wischte sich den Mund mit der Serviette ab und entschuldigte sich, er habe noch etwas im Büro zu tun. Dann kam er noch einmal zurück.

„Danke für das Essen, Liebling!", sagte er und verschwand endgültig.

„Ja, danke, Frau Schmickler", sagte Ronny, „es war sehr lecker."

„I… ich habe den Transit gesehen", sagte Anton beiläufig.

Auch er war fertig mit Essen. Rahel fiel die Serviette aus der Hand.

„Waaas?! Und das sagst du erst jetzt?“, rief sie.

Anton zuckte die Schultern.

„Ha... hat mi… mich keiner gefragt. U… und ich hatte Hunger. J… jetzt bin ich satt.“

Opa versteckte ein Grinsen hinter seiner Hand.

„Wo und wann hast du den Transit gesehen?“

Anton hob eine Hand mit ausgestrecktem Zeigefinger, so als wolle er sich melden.

„A… als ich Frau Breuer das Holz gebracht habe.“

Opas Grinsen wurde breiter.

„Und wo hast du das Auto gesehen?“, schränkte Rahel die Frage ein.

„Vor der Schule.“

„Vor welcher Schule? Vorm Gymnasium?“

„Ge… genau, ja, ja“, murmelte Anton.

„Und bist du wirklich sicher, dass es der Transit war, der den Unfall verursacht hat?“

Anton nickte.

„D… der hatte ne Beule. Ne Beule hatte der.“

„Und er sah aus wie auf Ronnys Fotos?“

„Ja, ja, sa… sag ich doch. Ich seh das doch!“ Langsam wurde Anton ungeduldig.

„Und das Kennzeichen?“, fragte Silas freundlich. „Hast du das auch gesehen?“

Unsicher sah Anton zu seinem Vater.

„A … A … T … B. Mehr weiß ich nicht.“

„Oh, Mist“, sagte Rahel.

„K …kann ich doch nichts für. W… wenn ich nich mehr weiß, oder?“

„Nein, alles gut, Anton“, beruhigte Silas seinen Onkel. „Es ist super, dass du den Transit gesehen hast. Wenn er vor der Schule stand, haben wir wenigstens einen Anhaltspunkt. Dann kommt er vielleicht noch mal dahin. Also fahren wir jetzt nicht nach Neuenbrehl, sondern nach Burgenach."

Voller Tatendrang schob er seinen Stuhl zurück.

„Der ist doch längst weg", meinte Rahel.

„Wer weiß. Aber in beide Städte schaffe ich es heute einfach nicht mehr", sagte Silas und reckte seine müden Glieder.

Rahel sollte Recht behalten. Als die drei Detektive mit ihren Rädern vor dem Matthias-Claudius-Gymnasium ankamen, war von einem metallic-blauen Transporter weit und breit nichts mehr zu sehen. Es gab nicht einmal einen ohne Beule.

„Zu schade, dass Onkel Anton sich das Kennzeichen nicht merken konnte", bedauerte Silas.

„Warum eigentlich nicht? Ich dachte, er könnte lesen", meinte Ronny.

„Ja, klar, aber Lesen ist sehr anstrengend für ihn, und hier war ihm das Auto halt wichtiger. Außerdem hat er es mit Zahlen nicht so."

„Wie hat er denn dann die Führerscheinprüfung geschafft? Muss man da nicht wissen, wie schnell man wo fahren darf?", wunderte sich Ronny.

„Ja klar, aber die paar Zahlen merkt er sich dann auch als Bild. Als Ganzes", erklärte Silas.

Ronny nickte.

„Praktisch, so ein fotografisches Gedächtnis, aber wenn er ein Smartphone hätte, hätte er ein Foto vom Auto machen können", überlegte er laut. Er hatte bemerkt, dass Anton nur ein einfaches, altes Handy mit extra großen Tasten besaß.

„Die Idee ist gar nicht schlecht", gab Rahel zu. „Aber bis jetzt benutzt er sein Handy noch nicht so wirklich gerne."

„Wir müssen mit ihm üben, dann kriegt er das schon hin", meinte Silas zuversichtlich. „Autofahren ist schließlich um einiges schwieriger, als ein Smartphone zu bedienen. Vielleicht ist das sogar besser als eins mit Tasten. Ich spreche mal mit Papa."

DER HANSAPLATZ

„Was machst du da eigentlich die ganze Zeit?“, fragte Silas seine Schwester.

Die beiden Jungs und Rahel waren in der Zentrale der Detektei Anton. Zentrale, so nannten sie seit heute ihren alten roten Bus im Wald, den Opa ihnen als Freizeittreff zur Verfügung gestellt hatte und in dem sie sich ungestört aufhalten konnten.

Auch die Tour heute nach Neuenbrehl war erfolglos geblieben. Das gesuchte Auto hatten sie wieder nicht gesehen. Jetzt saß Rahel auf einem der grauen Sitzpolster des ehemaligen Caritas-Busses und hatte den linken Fuß unter den Po gezogen. Auf ihrem Schoß lag ein Päckchen, auf dem das Logo eines bekannten Internetversandhändlers prangte. Silas konnte drei verschieden große Zylinderschlösser in dem Karton erkennen. Ihre Ummantelung war aus durchsichtigem Plexiglas. Aber das, was Rahel da in der Hand hielt, das kannte er nicht. Es sah aus wie ein silbernes Taschenmesser. Nur hatte es keine Klingen, sondern lange, schmale Metallstangen, die man ein- und ausklappen konnte. Sie waren unterschiedlich dick und am vorderen Ende mal gerade, mal gebogen, mal spitz zulaufend oder platt. Einige hatten sogar Widerhaken oder Minisägen.

„Ich übe Schlösser öffnen“, antwortete Rahel, als sei das völlig normal.

„Wow! Sherlock hat sich ein Dietrich-Set bestellt“, sagte Ronny.

„Ein Pick-Set“, verbesserte ihn das Mädchen.

„Oh, und wer hat dir das Online-Konto eingerichtet?“, fragte Silas misstrauisch.

Rahel wurde rot.

„Ich habe doch das kostenlose Jugend-Giro-Konto bei der Bank. Und mit meiner Prepaid-Kreditkarte kann ich auch im Internet bezahlen“, sagte sie. „Jedenfalls solange ich nicht in den Minus-Bereich komme.“

Das war zwar keine Antwort auf seine Frage, aber Silas brauchte nicht weiter nachzuforschen. Er war sich ziemlich sicher, dass Mama und Papa das nicht erlaubt hatten und dass man älter als dreizehn sein musste, um so etwas legal einrichten zu können. Rahel machte ihm langsam Sorgen. Er selbst wäre nie auf so eine Idee gekommen.

„Und, klappt es?“, fragte Ronny. „Sieht ehrlich gesagt eher nach Spielzeug aus.“

„Ja, aber für einen Anfänger reicht es. Wenn ich besser bin, kann ich mir was Teureres leisten“, sagte Rahel ungewöhnlich friedfertig. Sie war froh, dass ihr Bruder nicht weiter nachgebohrt hatte. „Noch mal lasse ich mich von so einem alten Kofferraumschloss jedenfalls nicht tyrannisieren.“

Ihre Hände zitterten leicht, als sie an Marcos Auto und die dunkle Enge im Kofferraum dachte. Schnell schob sie den Gedanken zur Seite und konzentrierte sich auf das erste Übungsschloss. Kurz darauf sprang es auf.

„Ha!“, stieß Rahel zufrieden aus.

Silas schaute nachdenklich auf seine Schwester. Die griff nach dem zweiten Schloss, um sich daran zu versuchen.

„Was haltet ihr eigentlich vom dem neuen Sportlehrer?", fragte Rahel die Jungs.

„Super!", schwärmte Ronny. „Anstrengend, aber das ist mal echter Sportunterricht."

Silas seufzte.

„Wenn man später Soldat werden will, ist das jedenfalls eine gute Vorbereitung", scherzte er. „Mir tut alles weh, und ich denke mit Grauen an Montag."

„Da haben wir leider nur eine Stunde", meinte Ronny. „Wie war es bei euch heute?"

„Der Sport war klasse, aber das meine ich nicht ...", antwortete Rahel und öffnete das zweite Schloss. Diesmal grinste sie nur und schaute dann die Jungs an.

„Ich finde den Typen irgendwie verdächtig!", sagte sie.

„Warum? Weil er der sportlichste Lehrer ist, den wir je hatten?", fragte Ronny.

„Nein, weil er ständig in Estelles Nähe ist. Das ist schon komisch. Erinnert ihr euch? Sogar an der Eisdiele ist der aufgetaucht."

„Das war doch Zufall", meinte Silas.

„Vielleicht", gab Rahel zu. „Aber heute zum Beispiel lief er dauernd über unseren Gang und in den Pausen war er auch kaum zehn Meter von uns entfernt."

Das Mädchen griff nach dem dritten und letzten Schloss. Doch sie versuchte nicht, es zu öffnen, sondern verharrte.

„Dann, am Ende der letzten Pause, habe ich ihn angesprochen. Ich habe gefragt, wo er vorher unterrichtet hat. Ratet mal, was er behauptet hat."

„Woher sollen wir das wissen? Dass er in Hollywood Lehrer war?", fragte Ronny. „Cool genug ist er ja dafür."

„Ha, ha. Nein, in Dortmund will er gewesen sein."

„Na und? Was ist daran verdächtig? Kommt ihr da nicht auch her?"

Rahel nickte. Ihre rechte Hand fuchtelte samt Dietrich in der Luft herum, sodass Ronny, der in ihrer Nähe saß, in Deckung ging.

„Ich habe ihm von meinem großen Lieblingskarussell vorgeschwärmt, das jedes Jahr beim Weihnachtsmarkt auf dem Hansaplatz steht, und erklärt, dass ich unbedingt damit fahren muss, wenn es so weit ist."

Rahels Hand wirbelte den Dietrich im Kreis. „Und er hat gesagt, dass er da auch immer gerne ist, und mir viel Spaß gewünscht."

Ronny starrte erst Rahel verständnislos an, dann guckte er zu Silas. Der hatte den Mund weit aufgerissen.

„Kraaaass!", sagte er.

„Hä? Könnt ihr mich mal aufklären?!", bat Ronny.

Er begriff die Brisanz des Dialoges der Geschwister nicht.

„Der schöne Herr Schöne hat gelogen. Der Typ war ganz bestimmt noch nie in Dortmund auf dem Weihnachtsmarkt", behauptete Rahel.

Silas nickte.

„Auf dem Hansaplatz steht nämlich seit 1996 jedes Jahr der höchste Weihnachtsbaum der Welt. Sie bauen ihn vier Wochen auf, bevor die ganzen Buden drum herum aufgestellt werden. Das Metallskelett ist fünfundvierzig Meter hoch und mit eintausendsiebenhundert Rotfichten bestückt, die extra dafür gepflanzt wurden. Achtundvierzigtausend Lämpchen blinken, und auf der Spitze ist ein Engel", erklärte er lang und breit. „Fazit: Da ist gar kein Platz für ein großes Karussell."

„Oh ha! Jetzt verstehe ich", sagte Ronny. „Aber warum sollte er lügen? Das macht doch gar keinen Sinn! Vielleicht hat er das nur vergessen? Oder er wusste nicht mehr, wo genau der Hansaplatz ist."

In diesem Moment bellte draußen ein Hund, und ein Männergesicht mit schwarzem Schnäuzer schaute durchs Fenster.

„Kuckuck“, lachte Onkel Anton. „K… kann ich rein?“

Silas nickte und winkte seinem Onkel, zur Schiebetür auf der anderen Seite zu kommen.

„Hast du Feierabend?“, fragte er.

„J… ja – i… ich habe heute den ganzen Tag geschreddert.“

„Was denn?“, fragte Ronny, nicht ahnend, dass er dadurch einen langen Vortrag über Holzsorten heraufbeschwor.

„Ä… Äste. Äste habe ich geschreddert. S… so lang und so.“

Antons kräftige, behaarte Hände zeigten Ronny ausführlich sämtliche Längen, die die Äste heute gehabt hatte. „T… Tanne und F… Fichte. F… Fichte u… und Buche. T… Tanne“, fing Anton wieder von vorne an. Plötzlich brach er ab. „A… Aber den Transit habe ich heute nich gesehen. Heute nich.“ Er grinste und zeigte auf Rahels Schlösser. „W… Was machst du da?“, fragte er neugierig.

„Ich übe“, sagte Rahel.

Das dritte Schloss hatte sie immer noch nicht geknackt. Sie sah ihren Onkel an.

„Anton, kann man auf dem Dortmunder Weihnachtsmarkt Karussell fahren?“

Anton reckte lächelnd den Kopf nach hinten.

„K… klar kann man das. I… is aber teuer“, grinste er.

„Auch auf dem Hansaplatz?“, hakte Rahel nach. Sie lachte nicht.

„N… nein, d… da natürlich nich. D… d… d… da i… ist doch der g… größte Weihnachtsbaum. D… der g… größte der Welt!“, stotterte Onkel Anton entrüstet.

Sein Gesicht war wieder ganz ernst geworden. Triumphierend sah Rahel Ronny an.

„Siehst du, nicht einmal Onkel Anton vergisst das, und er wohnt nicht mal da. Der Baum ist einfach mega groß. Den kann man nicht übersehen! Er ist auch jedes Jahr im WDR-Fernsehen.

Und jeder Dortmunder kennt den Hansaplatz! Das ist ja, als würde einer aus Paris den Eiffelturm nicht kennen."

„Scheint so, als ob du recht hast", meinte Ronny beeindruckt, auch wenn er fand, dass irgendein Platz bestimmt leichter zu übersehen war als ein Turm. „Sonst noch was?"

Rahel zögerte.

„Jaaaa. Vielleicht. Ich bin mir nicht sicher."

„Spuck's aus", sagte Silas.

Anton rieb sich die Hände und lachte.

„Ausspucken!", wiederholte er.

Rahel lächelte.

„Also, heute nach der Sportstunde ging Herr Schöne genau vor uns. Das heißt, vor mir und Estelle. Als er seinen Rucksack aufgesetzt hat, ist er mit einer Schnalle an seiner Jacke hängen geblieben und hat sie nach hinten gezogen. Dadurch ist kurz sein Shirt verrutscht, und ich konnte seinen Hosendings ... seinen Hosenbund sehen."

Nachdenklich machte sie eine Pause, als würde sie das Bild in Gedanken noch einmal betrachten.

„Ja ... und?!", fragte Silas.

„Da war was aus Leder festgemacht, und es sah ... so aus, als hätte er eine Waffe dabei."

„Eine Waffe?!", fragte Ronny ungläubig.

„Ja, ich weiß, es klingt bescheuert", gab Rahel zu, „aber es sah wirklich nach so einem Ding aus, wo eine Waffe drin ist ... wie heißt das?"

„H... Holster heißt das", tönte Anton.

„Genau. Ich konnte das auch nicht lange sehen. Er hat sein T-Shirt sofort zurechtgezogen. Na ja, ich fand es einfach komisch. Vielleicht ist es ja auch völlig harmlos, und er ist nur im Schützenverein oder Jäger. Ich kenne mich damit nicht aus. Vielleicht hat er einen Waffenschein und darf eine Knarre tragen."

„Aber doch nicht in der Schule!“, war sich Ronny sicher.

Anton hob den rechten Zeigefinger in die Höhe.

„W… Waffenbesitzkarte heißt das. Ni… nich Waffenschein.“

„Anton hat recht“, sagte Silas, „und Ronny auch. Sportschützen haben eine Karte, die sie nur zum Besitz ihrer Waffen berechtigt. Aber sie dürfen sie nicht führen, also mit sich herumtragen. Zum Schießstand und zurück muss sie in einem Koffer transportiert werden. Selbst Jäger dürfen ihre Waffe nur im Zusammenhang mit der Jagd führen. Echte Waffenscheine werden in Deutschland sehr, sehr selten ausgestellt. Opa hat mir das mal erklärt. Ihm ist in seinem ganzen Polizistenleben nur ein einziger privater Waffenträger über den Weg gelaufen, und der war Privatdetektiv.“

Rahel zuckte die Schultern.

„Dann hoffe ich mal, dass ich mich geirrt habe“, sagte sie. „Denn wenn ich das gerade richtig verstanden habe, würde Herr Schöne seine Waffe sonst höchstwahrscheinlich illegal tragen.“

„So ist es“, sagte Silas.

„Was ihn nicht gerade sympathisch macht.“

Rahel ließ das dritte Schloss frustriert in den Karton plumpsen.

„Ich finde, wir sollten den im Auge behalten“, meinte sie.

„Können wir machen. In der Schule sowieso, und nachmittags können wir uns aufteilen. Einer sucht mit Anton nach dem Transit, und die anderen folgen Herrn Schöne“, schlug Silas vor.

„Meint ihr nicht, irgendjemand sollte auch in Estelles Nähe bleiben?“, fragte Ronny.

„Darum kümmere ich mich, Watson!“, bestimmte Rahel schnell.

EVANGELISCH

„D… du liest in der Bibel?!"

Vor Überraschung stotterte Rahel plötzlich fast wie Onkel Anton. Estelle saß im Flur, direkt unter den altmodischen Garderobenhaken vor der 8a, und hatte eine kleine Bibel auf ihren Knien. Das Mädchen schaute erst hoch, als es Rahels Stimme hörte. Wegen des schlechten Wetters gab es eine Regenpause, und die Schüler mussten nicht auf den Schulhof, sondern durften sich in der Pausenhalle und auch in den Gängen des Schulgebäudes aufhalten.

„Morgen, Rahel!", grüßte Estelle ihre Klassenkameradin. „Warum sollte ich nicht in der Bibel lesen?" Sie schloss das Buch, ließ aber den Zeigefinger zwischen zwei Seiten, die sie gerade gelesen hatte. „Die Geschichte ist spannend, ich weiß nur noch so ungefähr, wie sie ausging. Kennst du das Buch Ruth?", fragte Estelle und hielt die Bibel, in der immer noch ihr Finger steckte, etwas in die Höhe.

Erschrocken guckte Rahel sich um. Die Aufschrift „Bibel" war groß genug, um von vorübergehenden Schülern gesehen zu werden.

„Oh, wie schön, da haben sich ja zwei Fromme gefunden", ertönte es prompt hinter ihrem Rücken.

Aber bevor eine von ihnen antworten konnte, war Nora schon vorbeistolziert. Sie schien sich heute ausnahmsweise nicht für sie zu interessieren.

„D… das Buch Ruth?", stotterte Rahel immer noch. „Jaaaa …"

Bei diesem Stichwort fiel ihr eine ganze Menge ein. Seltsamerweise auch Marcos Kofferraum und dass „Gott bleibt", wie Ruth bei Naemi geblieben war. *Deus manet,* die lateinische Übersetzung, aber auch die Frage, die ihr Gehirn ihr vor ein paar Wochen gestellt hatte: *Bist du noch bei Gott?* Oder war das ihr Gewissen gewesen? Woher sollte sie das wissen, wenn sie das Gefühl hatte, dass ihre sporadisch gestotterten Gebete nur bis zur Zimmerdecke gingen? Die Ruth aus der Bibel war ihrer Schwiegermutter Naemi eine gute Freundin gewesen, und Rahel hätte auch gerne eine. Nur wie die Geschichte ausging, das wusste sie nicht genau. Ruth war mit ihrer Schwiegermutter zurück nach Israel gegangen. War das nicht das Ende? Aber da sie all dies nur dachte und nicht laut aussprach, sagte Estelle zuerst etwas.

„Warum hält Nora dich für fromm?", fragte sie.

Rahel wusste nicht, wie sie das erklären sollte, ohne dass Estelle schlecht von ihr dachte oder sie für einen Freak hielt. Sie setzte sich neben die neue Schülerin.

„Ich glaube, sie meint, dass meine Familie eine Freikirche besucht", meinte sie dann leise und diplomatisch.

„Ach, bist du gar nicht katholisch?"

Rahel schüttelte den Kopf. Diese Frage war einfach zu beantworten.

„Und was ist der Unterschied zwischen eurer Gemeinde und der katholischen Kirche? Was glaubt ihr so?"

Das hatte Rahel befürchtet. Jetzt wurde es schwieriger.

„Äh, wir sind evangelisch", versuchte sie es.

„Ach, Lutheraner?", hakte Estelle interessiert nach.

„Ich glaube, nicht so direkt."

Mann, war das kompliziert! Rahel merkte gerade, wie wenig sie eigentlich wusste. Also, ihren eigenen Glauben kannte sie so in etwa. Das hatte sie jedenfalls bis gerade eben gedacht. Aber was genau war der Unterschied zum katholischen Glauben? Das jetzt selber zusammenzufassen war gar nicht so einfach. Zum Glück tauchte exakt in diesem Moment der neue Sportlehrer auf. Wie zufällig schlenderte er langsam durch den Gang und kaute dabei gründlich auf seinem Vollkornbrot. Er vermied es diesmal, in die Richtung der Mädchen zu gucken. Nur ein paar Meter vor ihnen blieb er stehen und holte sein Handy aus der Tasche. Rahel stieß Estelle an und beugte sich näher zu ihr.

„Schon wieder dieser Typ!", flüsterte Rahel. „Kennst du den eigentlich von irgendwo?"

Estelle versteifte sich und runzelte die Stirn.

„Wie kommst du denn darauf?", fragte sie empört und eine Spur zu laut.

Ein Hauch von Rot färbte ihre Wangen und Stirn im Nu etwas dunkler. Rahel wunderte sich. So aufgebracht hatte sie Estelle noch nicht erlebt.

„Entschuldige", sagte sie, „ich wollte dich nicht ärgern. Mir ist nur aufgefallen, dass Herr Schöne so oft in deiner Nähe ist. Es wirkt fast so, als ob er dich beobachtet."

„Nein, das bildest du dir ein!", behauptete Estelle bestimmt und nun wieder ruhiger.

„Okay", sagte Rahel und gab nach. „Wenn du meinst."

Estelle zog den Finger aus der Bibel und lächelte sie an. Aber Rahel sah das unsichere Flackern in ihren Augen genau.

„Ja, das meine ich. Herr Schöne ist schon okay, keine Sorge", nickte Estelle. „Vielleicht mag der mich nur, weil ich die Übungen aus dem Sportunterricht schon kannte."

„Das stimmt allerdings, du hast bei der Selbstverteidigung eine echt gute Figur gemacht. Wenn Nora das wüsste, wäre sie vielleicht vorsichtiger“, grinste Rahel. „Macht dir das eigentlich Spaß?“

„Selbstverteidigung?“

Estelles Lächeln verschwand.

„Nein, ehrlich gesagt ist mir Ballett lieber. Da muss ich keine Angst haben, dass mir der Tanzpartner in den Bauch oder vor das Schienbein tritt.“

„Du tanzt?“, fragte Rahel.

„Ja. Schon von klein auf“, betätigte Estelle.

„Deswegen bewegst du dich also so elegant wie …“ Was hatte Oma immer gesagt? „… wie eine Dame!“

Die Klingel ertönte. Die Pause war vorbei.

„Tue ich das?“, fragte Estelle und stand von der Bank auf. „‚Dame‘?! Klingt gut. Estelle de Couderc, die Dame aus Burundi.“

„Die Dame aus Burundi!? Ach nee, ich dachte, du wärst aus Kaiserslautern!“, neckte Rahel sie.

„Erwischt, jetzt hatte ich das beinahe selbst vergessen“, gab Estelle lachend zu und streckte sich, bis sie auf den Zehenspitzen stand. Sie hob die Arme kurz wie eine Ballerina locker über den Kopf und reckte das Kinn nach oben. Ronny und Silas, die gerade aus der Pausenhalle kamen und auf dem Weg zu ihrem Klassenraum an der 8a vorbeikamen, blieben bewundernd stehen. Doch Estelle sah sie nicht, weil sie ihnen den Rücken zuwandte, und so kam sie auf das Thema von vorhin zurück.

„Was seid ihr denn jetzt für indirekte Lutheraner?“, fragte sie noch einmal genauer nach. „Kann man eure Gemeinde mal kennenlernen?“

Rahel war zum zweiten Mal überrumpelt, aber Silas ergriff geistesgegenwärtig die Gelegenheit, die sich ihm bot.

„Klar!“, sagte er und ging auf Estelle zu. Das Mädchen drehte sich zu ihm um, als sie die Stimme erkannte. „Am Sonntag haben wir nach dem Gottesdienst einen Gemeindeausflug. Da kannst du gerne mitkommen und ein paar von uns kennenlernen. Wir grillen zusammen. Wenn du magst, bist du auch zum Gottesdienst eingeladen. Das gilt natürlich auch für Ronny.“

Ronny sah auf seine Fußspitzen. Er war nicht so wild auf einen Gottesdienst. Allerdings schmolz bei dem Gedanken, Estelle dort zu treffen, sein Widerstand wie Eis in der Sonne. Rahel flüchtete auf ihren Platz im Klassenraum, bevor Estelle die Einladung annahm. Sie war froh, dass Silas das in die Hand genommen hatte, und hörte noch, wie er sagte:

„Mach schon Ronny, wir kommen sonst zu spät.“

„Ja, Moment“, sagte der, „geh ruhig schon mal vor. Ich … äh, ich will Estelle noch etwas sagen.“

Silas guckte wissend und verschwand.

„Was möchtest du mir sagen?“, fragte Estelle freundlich.

„Äh …“, stammelte Ronny. „Also, wenn du auf den Ausflug gehst, und da wird gegrillt ... Nur so als Tipp, fang nicht zu schnell mit dem Essen an. Die beten wahrscheinlich vorher erst noch.“

„Oh, danke, Ronny, für die Information“, lächelte Estelle. „Aber das tue ich auch.“

Ronny nickte stumm und folgte Silas mit hochrotem Kopf.

GEMEINDEAUSFLUG

Gerade hatte Werner Schrober noch einen schwarzen Anzug und glänzende Schuhe getragen. Jetzt, nach dem Gottesdienst, auf der Wanderung zum Mühlenberg, ihrem Ausflugsziel, steckten die Füße des Pastors der SEGE in schmutzigen Turnschuhen und seine Beine in einer alten Jeans. Das Wetter war wesentlich besser als am Freitag, und langsam bekamen die Wanderer Hunger. Obwohl die Sonne heute richtig heiß schien und alle, sowohl Klein als auch Groß, kurzärmelige T-Shirts anhatten, waren Werner Schrobers Arme von einem eng anliegenden, langärmeligen Hemd bedeckt.

„Oh, Werner, ist dir das nicht zu warm?!", fragte Mama mitfühlend. „Du bist ja klatschnass geschwitzt, wenn wir oben ankommen. Paul hat noch ein zweites T-Shirt dabei, das leiht er dir sicher gerne."

„Danke, nicht nötig, Hannah. Der beste Schutz gegen die Sonne ist Stoff. So bekomme ich keinen Sonnenbrand", lehnte Werner ab.

Wie zur Bestätigung holte er noch eine Baseballkappe aus seinem Rucksack hervor, setzte sie sich auf die spiegelglatte Glatze und zog sie tief in die Stirn. Hannah schmunzelte.

„Ich habe auch Sonnencreme!“, bot sie an, doch Werner schüttelte den Kopf und beschleunigte seinen Schritt.

„Das ist mal wieder typisch Mama“, raunte Rahel. „Sie ist auf alles vorbereitet. Hat das halbe Badezimmer und die halbe Küche dabei.“

„Maman ist genauso“, bestätigte Estelle.

Das war seit Langem das Erste, was sie heute sagte, und auch das erste Mal in der letzten Stunde, dass Rahel sie lächeln sah. Sie wirkte schüchtern und war selbst für ihre Verhältnisse ungewöhnlich still. Rahel fragte sich, ob der Gottesdienst Schuld daran war oder die vielen fremden Leute. Estelle ging weiter stumm zwischen den beiden Schmickler-Geschwistern. Silas kam sich etwas fehl am Platze vor. Da Ronny jetzt doch nicht mitgekommen war, fühlte er sich neben den beiden Mädchen wie das fünfte Rad am Wagen. Er hielt Ausschau nach Samuel, der etwa in seinem Alter war, aber auf eine andere Schule ging.

„Was hältst du von dem Text?“, fragte Mama gerade ihre Freundin Gabrielle de Monnet. Die beiden Frauen gingen genau vor ihnen. „Ist mir gestern eingefallen: Maria! Maria! Da waren Jesu Worte: ‚So sehr hat Gott geliebt, dass er euch in dem Sohn ewiges Leben gibt!‘ Da waren seine Worte: ‚Glaubt dem, der mich gesandt. Er reicht zum neuen Bund in mir euch seine Hand!‘“, sagte Mama aus dem Gedächtnis die dritte Strophe auf, die sie aus dem Englischen übersetzt hatte. „Und die letzte Strophe: Maria! Maria! Da waren deine Worte: ‚Was er euch sagt, das tut! Dein Kind, der Mann am Kreuz, macht allen Schaden gut. Es bleiben Gottes Worte. Du hörtest sie so gern, bewahrtest sie im Herz und nanntest Ihn den Herrn!‘“

Offensichtlich diskutierten die beiden Frauen zwei weitere Strophen des Weihnachtsliedes. Es war Rahel ein Rätsel, wie sie bei gefühlten 30 Grad an den Winter denken konnten. Gabrielle hatte keine Sonnencreme nötig, jedenfalls nicht bei diesem Wetter und nicht bei dieser Strecke. Sie kam von der Elfenbeinküste, und ihre Haut glänzte in einem warmen Dunkelbraun. Wie so oft duftete sie leicht nach Kakaobutter, die sie als Pflege benutzte. Kein Wunder, denn die Elfenbeinküste ist eins der größten Kakao-Anbaugebiete der Welt. *Nein, an den Leuten kann es doch nicht liegen,* dachte Rahel, denn Estelle hatte sich aufrichtig gefreut, Gabrielle zu begegnen. Sie hatten eine Weile auf Französisch geplaudert. Rahel hatte natürlich kein Wort verstanden. Sie seufzte innerlich. Was war nur los mit Estelle?

„Ach, da ist Samuel!", sagte Silas erleichtert. „Ich gehe mal zu ihm."

Rahels Bruder fiel es bei dem gemächlichen Tempo der Ausflügler leicht, zu dem rotgelockten Jungen aufzuschließen. Rahel schaute hoch. Gleich würden sie in den schattigen Wald kommen, und erst, wenn sie oben auf dem Berg auf die geteerte Straße stießen, die zum „Ännchen" führte, würden sie noch ein kleines Stück in der prallen Sonne laufen müssen. Das war einer der Vorteile dieses Cafés mit Grillplatz. Mit dem Auto konnten auch die älteren und fußkranken Gemeindemitglieder bequem das Ausflugsziel erreichen und die freiwilligen Köche die benötigten Lebensmittel herankarren. Rahels Magen knurrte, als sie an Bratwurst und Kartoffelsalat dachte. Sie sah ihre neue Freundin von der Seite an. Estelle wirkte müde, obwohl die beiden Mädchen ihr Tempo etwas verringert hatten und zurückgefallen waren. Ab und zu schaute sie nervös nach links oder rechts.

„Was ist los?", fragte Rahel.

Estelle runzelte die Stirn. Sie straffte ihre Schultern und richtete sich auf. Ihre Hände gingen in die Höhe. Sie versuchte, es wie ein Schulterzucken aussehen zu lassen, aber Rahel hatte den Eindruck, dass ihre Haltung eher der eines Boxers ähnelte, der die Fäuste hochnimmt, um den nächsten

Schlag abzuwehren. Das Mädchen neben ihr war offenbar bereit zur Verteidigung. Von der eleganten Dame war nicht mehr viel übrig, obwohl Estelle mit ihrem hellgrünen Rock und der blütenweißen Bluse sehr schick aussah.

„Was meinst du?", fragte sie. „Ich weiß nicht, wovon du sprichst!"

Rahel zögerte und biss sich auf die Zunge.

„Na ja, du bist so still heute. Hat dir der Gottesdienst nicht gefallen?"

„Nein, Quatsch, es war sehr schön", wehrte Estelle ab.

„Bist du müde?"

„Ja, hab nicht so gut geschlafen heute Nacht."

Wieder gingen sie eine Weile schweigend. Estelle verzögerte weiter den Schritt. Doch es schien, als merke sie es nicht, weil sie so in Gedanken versunken war. Ein harter Zug lag um ihren Mund, der so gar nicht zu ihr und dem schönen Wetter zu passen schien. Irgendwann waren sie die Letzten der Wandergruppe, und Rahel hatte ein paar Walderdbeeren vom Wegrand in eine Butterbrotdose gesammelt. Trotzdem schlug ihr Herz jetzt, als hätte sie soeben einen 400-Meter-Sprint hingelegt. Hinter ihnen knarrte ein Baum im Wind, und ein paar Äste knackten. Estelle fuhr herum. Kurz war Panik in ihrem Gesicht zu sehen. Auch Rahel sah sich um, aber es war nur ein Reh, das über die Wurzeln der Bäume sprang.

„Du denkst auch, dass dich einer verfolgt!", war sich Rahel plötzlich sicher. Noch einmal sah sie sich gründlich um. Fast erwartete sie, Herrn Schöne bei einem Trainingslauf durch den Wald zu entdecken. „Hast du deshalb so schlecht geschlafen?"

„Komm, lass uns ein bisschen schneller gehen, die anderen laufen uns davon", versuchte Estelle abzulenken.

Rahel blieb stehen und verschränkte die Arme vor der Brust.

„Erst, wenn du sagst, was los ist. Vorher mache ich keinen Schritt mehr."

Estelles Gesicht verzerrte sich. Aufgeregt sah sie nach hinten und nach vorn auf die sich immer weiter entfernenden Gemeindemitglieder.

„Bitte, Rahel, lass uns weitergehen!", flehte sie.

Rahel ließ sich schnell von Estelles ängstlichem Gesicht erweichen und marschierte doch wieder los.

„Wovor hast du denn solche Angst?", fragte sie besorgt.

Estelle schluckte.

„Ach, Maman wollte nicht, dass ich mitgehe."

„Weil sie glaubt, dass die SEGE eine Sekte ist?", fragte Rahel pikiert. „Weil wir keine Babys taufen?"

„Nein, natürlich nicht!" Estelle sah kurz nicht mehr ängstlich, sondern verwundert aus. „Maman und ich haben gegoogelt und wissen jetzt, dass die Täuferbewegung genauso auf die Reformation zurückgeht wie die Lutheraner und die Reformierten."

„Äh, na … na klar", stammelte Rahel. „Aber warum dann?"

Wieso wusste Estelle so viel mehr über diese Kirchensachen als sie selbst?! Und von was für einer Bewegung sprach sie da bloß?!!

„Also gut", seufzte Estelle und lächelte ein trauriges Lächeln. „Du lässt ja sowieso nicht locker, oder?"

„Nein", grinste Rahel, aber Estelle blieb traurig.

„Du musst schweigen wie ein Grab!", forderte sie. „Zu niemandem ein Sterbenswörtchen! Versprochen?!"

„Versprochen."

„Ich muss mich hundertprozentig auf dich verlassen können! Tausendprozentig!"

„Ja doch, in Ordnung", versicherte Rahel.

Sie war blass geworden und schluckte. Was für ein furchtbares Geheimnis bedrückte Estelle so sehr?

„Warum wollte deine Mutter nicht, dass du mit uns mitgehst?“, fragte sie behutsam nach, als ihre Freundin immer noch zögerte.

Estelle stöhnte auf.

„Sie hielt es für zu gefährlich“, sagte sie leise.

Rahel riss die Augen auf.

„Für zu gefährlich?“

„Ja. Weil Matthias hier nicht so gut auf mich aufpassen kann.“

Rahel stolperte über eine Baumwurzel und konnte sich gerade noch fangen. Ihr Gehirn setzte die gesammelten Details zusammen und hatte nicht auf den Weg geachtet.

„Du hast einen Aufpasser, der Matthias heißt? Einen, der überall mit dir hingeht ... ?!“, fragte Rahel.

„Und ziemlich sportlich ist“, ergänzte Estelle.

Rahel dachte plötzlich an Ronny und Dwayne the Rock Johnson.

„... und der ziemlich viele Muskeln hat?“

„Ziemlich viele“, bestätigte Estelle. „Und er hat mir ein paar gute Handgriffe gezeigt, wenn ich mich mal wehren muss.“

„Herr Schöne ist dein Bodyguard?!“, brachte es Rahel auf den Punkt.

Estelle schmunzelte tatsächlich.

„Gut kombiniert, Sherlock!“, sagte sie.

Rahel sah sich um.

„Wo steckt er jetzt?“, fragte sie neugierig.

„Ich weiß es nicht, aber er ist garantiert hier in der Nähe, und oben im Café wird er ‚zufällig‘ als normaler Gast sitzen.“

„Wow!“, machte Rahel. „Aber wozu brauchst du einen Bodyguard?“

Estelle wurde wieder ernst und traurig. Doch dann sprudelten die Worte auf einmal aus ihr heraus. Ein Gefangener, der eine offene Tür entdeckt, darf nicht lange überlegen. Auch die unangenehme Wahrheit, die Estelle schon so lange in ihrem Inneren eingesperrt hatte, flüchtete sich ohne zu zögern in Rahels Ohren.

„Ich bin nicht die, für die du mich hältst", sagte Estelle schnell. „Meine Eltern sind gar nicht geschieden. Meine Mutter ist auch keine gelernte Verkäuferin, sondern hat Chemie studiert. Genau wie Papa. Vor ein paar Jahren hat er sich im Pharmabereich selbständig gemacht und sehr viel Geld mit einem Medikament verdient." Sie seufzte. „Seitdem ist nichts mehr wie früher."

Rahel traute ihren Ohren kaum. Es verschlug ihr die Sprache, doch Estelle redete ohnehin immer weiter.

„Im März hat Papa dann einen Brief erhalten. Jemand forderte Geld von ihm und drohte an, seine Tochter zu entführen, wenn er nicht bezahlt."

Estelle schluckte.

„Maman und er haben tatsächlich gestritten, aber Papa ist erst zur Polizei gegangen, als ihm klarwurde, dass es mit einem Mal zahlen wahrscheinlich nicht aufhören wird."

Rahel nickte mechanisch. Kein Wunder, dass Estelle schlecht schlief!

„Aber er wollte noch mehr tun. Er schickte mich und Maman unter falschem Namen hierher aufs Land. Papa kennt Herrn Kocher, unseren Direktor. Sie haben zusammen Abitur gemacht, und er suchte gerade einen Sportlehrer. Es schien alles zu passen."

„Aber?", hakte Rahel vorsichtig nach.

„Es fühlt sich einfach scheußlich an, euch zu belügen und … und nicht ich selbst sein zu können. Und dazu habe ich dauernd Angst, dass dieser Entführer hier irgendwo auftaucht."

Ängstlich schaute Estelle sich wieder in alle Richtungen um. Auch Rahel drehte sich im Gehen um sich selbst.

„Aber … woher soll er denn wissen, wo du bist? Du könntest doch theoretisch überall in Deutschland sein?", versuchte Rahel, ihre Kameradin zu beruhigen. „Oder sogar in Frankreich, Belgien oder Luxemburg. Ihr sprecht doch Französisch."

„Matthias meint, so schwierig wäre das nicht, meinen Aufenthaltsort ausfindig zu machen, wenn ich Kontakt zu meinen Eltern halte. Er hat Papa dringend davon abgeraten, mich zur Schule zu schicken. Auch die Polizei war dagegen, aber mein Vater kann manchmal stur wie ein Esel sein, wenn er eine gute Idee hat. Sonst wäre er wohl auch nicht so erfolgreich. Er meinte, es reicht aus, wenn ich an einem anderen Ort unter falschem Namen in die Schule gehe."

Estelle holte tief Luft. Sie näherten sich der Gruppe vor ihnen. Sogar Werner Schrober war zu sehen. Er sah sich nach ihnen um und blieb stehen. Offenbar ließ er sich zurückfallen, weil er alle seine Schäfchen zusammenhalten wollte.

„Vielleicht sind sogar mehrere Leute hinter mir her", flüsterte Estelle schnell, bevor der Pastor in Hörweite kam.

„Wie kommst du darauf?"

„Gestern, als ich aus der Schule kam, stand dort dieses große Auto. Auf dem Weg nach Hause habe ich es noch ein paar Mal gesehen, und als ich an unserer Wohnung ankam, war es schon wieder in der Nähe. Es saßen zwei Leute drin. Ein Mann und eine Frau. Erst als ich durch die Haustür ging, ist es weggefahren."

„Wie sah das Auto aus?", fragte Rahel automatisch.

„Das ist es ja! Es war so ein metallic-blauer Ford wie der auf dem Ausdruck, den Ronny mir gezeigt hat. Mit einer großen Beule rechts!"

„Unser Transit!", murmelte Rahel, kurz bevor Werner zu ihnen stieß. Und sie dachte, dass diese Information Ronny und Silas sicherlich brennend interessieren würde.

Der Pastor begleitete die beiden Mädchen, bis sie oben an der Straße aus dem Schutz der Bäume traten. Er fragte Estelle gerade nach ihren Eltern, als wie aus dem Nichts eine Horde Biker an ihnen vorbeischoss. Etwa zwanzig Motorräder knatterten um die Kurve vor dem „Ännchen" und zwischen den Wanderern hindurch. Nur Werner und die Mädchen hatten die Straße noch nicht überquert. Rahel und Estelle waren zwar überrascht, aber sie erschraken nicht so sehr wie Werner. Er taumelte zurück auf den Waldweg. Dort stand er kreidebleich und schnappte nach Luft. Seine Finger kramten in der Außentasche des Rucksacks nach seiner Sonnenbrille. Hastig schob er sie auf die Nase und starrte den vorbeibrausenden Lederkutten hinterher, als kämen sie direkt vom Mond.

„Alles okay, Werner!", sagte Rahel. „Es ist nichts passiert. Wir haben schon einmal Biker gesehen. Stadtmädchen halt."

Sie lachte. Doch Werner lachte nicht mit. Der Pastor schnaufte noch einmal tief durch.

„Schon gut, ich habe sie nur nicht kommen gehört, Rahel. Sie sind langsam gefahren und haben erst genau in der Kurve auf unserer Höhe die Maschinen voll aufgedreht."

Mit diesen Worten trat Werner wieder auf die Straße und marschierte auf das Gasthaus zu, das man von der anderen Seite aus schon sehen konnte. Als sie am Haupteingang angekommen waren, trafen sie wieder auf Mama und Gabrielle. Caruso sprang freudig auf sie zu und schleifte Onkel Anton hinter sich her. Rahel zog die Walderdbeeren aus dem Rucksack und bot Mama und Gabrielle welche an.

„Oh, danke, die mag ich gern", sagte die Gemeindesekretärin und nahm ein Taschentuch aus ihrer Hosentasche. Vorsichtig wickelte sie die Erdbeeren hinein.

„Warum isst sie du sie dann nicht?", fragte Mama lachend. Sie selbst kaute schon.

„Oh, ich werde sie essen, wenn ich sie gleich abgewaschen habe“, sagte ihre Freundin.

„Gabrielle!“, rief Mama. „Du kommst aus Afrika und wäschst das Obst, bevor du es isst?! Ich esse das immer so vom Strauch oder vom Baum.“

„Tja, da kannst du mal sehen. Dann hat bei dir wohl die Integration nicht geklappt. Dabei geben wir so viel Geld für Integrationskurse aus.“

Rahel brach in Gelächter aus. Und auch Mama musste lachen. Gabrielles Humor war manchmal genauso trocken wie der von Onkel Anton.

Eine halbe Stunde später hatten sich die ungefähr siebzig Leute der SEGE mit Würstchen und Salat auf den Tischen und Bänken rund um die Grillstelle niedergelassen. Kinder wuselten durcheinander, und Erwachsene lachten fröhlich. Silas war wieder zu Rahel und Estelle gestoßen, die in der Nähe des Haupteingangs saßen und auf die Parkplätze und die Terrasse des Restaurants gucken konnten. Den etwas jüngeren Samuel hatte er im Schlepptau.

„Willst du das alles essen?!“, fragte Rahel ihren Bruder.

Auf dem Teller, den Silas balancierte, stapelten sich drei Frikadellen, zwei Würstchen, Käsewürfel und ein Riesenberg Kartoffelsalat. Der Junge wurde rot, aber man sah es nicht, da seine Haut von der Sonne gerötet war. Für einen kurzen Augenblick bereute er es, zu Rahel gekommen zu sein.

„Ich habe Hunger“, sagte er dann etwas trotzig.

„Sei dir gegönnt“, sagte Estelle freundlich, und Silas fühlte sich gleich besser.

„Ratet mal, wer da hinten auf der Terrasse am Kaffeetisch sitzt!“, forderte er mit vollem Mund.

„Unser neuer Sportlehrer, Herr Schöne“, platzte Rahel ohne nachzudenken heraus, und Silas vergaß glatt zu kauen.

„Woher weißt du das?!", fragte er.

„Äh …", Rahel warf vorsichtig einen Blick zu Estelle. Die schüttelte unmerklich den Kopf und erinnerte sie so an ihr Versprechen zu schweigen. „Das habe ich geraten", behauptete Rahel schnell.

Silas kam nicht dazu, diese Aussage anzuzweifeln, denn in diesem Moment gab es einen lauten Knall, und eine Frau schrie ärgerlich auf. Metall schepperte auf Asphalt.

„So ein Mist!", schimpfte die Frauenstimme jetzt.

Werner und Opa, die auch in der Nähe saßen, schauten zum Parkplatz. Und auch die vier Kinder wandten ihre Köpfe in die Richtung, aus der die Stimme gekommen war.

„Auweia", sagte Silas. „Der ist ihr Motorrad umgekippt."

„So was ist schwer", meinte Samuel fachmännisch. „Das kriegt die alleine nicht mehr hoch."

Opa und Werner waren schon aufgesprungen, um der Frau zu helfen. Herr Schöne kam von der Terrasse dazu, und gemeinsam gelang es ihnen nach einer Weile, das schwere Bike wieder auf die Räder zu stellen. Herr Schöne setzte sich zurück an seinen Tisch, aber Opa und Werner blieben noch bei der Frau. Irgendetwas schien kaputt zu sein, denn die Frau jammerte herum.

„Los, kommt, wir gucken zu", sagte Rahel, die bereits aufgegessen hatte.

„Gleich", meinte Silas mit vollen Backen. „Geh du schon mal."

Rahel stand auf und schlenderte hinüber zu dem Motorrad, um das immer noch drei Erwachsene herumstanden. Samuel war auch neugierig, aber Estelle blieb bei Silas. Rahel hatte ihr kurz zuvor ihr Pick-Set und die Übungsschlösser geliehen, die sie selbst auf den Ausflug mitgeschleppt hatte. Estelle war ehrgeizig und wollte es ihrer Freundin gleichtun, die mittlerweile alle drei Schlösser in Sekunden aufbekam.

„Der Kupplungsgriff funktioniert nicht“, klagte die Frau gerade, als Rahel bei den Erwachsenen ankam. „Da ist kein Widerstand drauf.“

„Dann ist der Bowdenzug wahrscheinlich durch den Aufprall herausgerutscht“, meinte Werner. „Das haben wir gleich.“

Er griff an seinen Hosenbund und öffnete den Druckknopf des kleinen Lederetuis, das daran befestigt war. Der Pastor holte ein amerikanisches Multitool heraus und klappte den Schraubenzieher aus. Opa trat einen Schritt zurück, da Werner offensichtlich wusste, was er tat. Im Nu hatte Pastor Schrober die untere Befestigung des schmalen Metallseils gelöst. Nur wenige Handgriffe später hatte er den Fehler behoben und schraubte alles wieder fest. Die Frau war erleichtert und bedankte sich überschwänglich bei Werner. Dann stieg sie auf ihr repariertes Motorrad und verabschiedete sich.

„Das hast du aber auch nicht zum ersten Mal gemacht, oder?“, fragte Opa, als die Bikerin abgefahren war.

Werner wurde rot. Er steckte sein Werkzeug zurück in das Lederetui.

„Nein“, sagte er dann und grinste Opa an.

Als Rahel und Samuel zurück zu Estelle und Silas kamen, war Estelle gerade aufgestanden.

„Meine Mutter hat mir eine Nachricht geschrieben. Sie holt mich mit dem Auto ab und ist jeden Augenblick hier.“

Silas sah zur Straße. Ein schwarzer SUV rollte auf das „Ännchen“ zu.

„Ich glaube, sie ist schon da“, sagte er.

Sein Teller war endlich leer und sein Mund auch.

„Jawohl, das ist sie“, bestätigte Estelle und hielt Rahel das Pick-Set hin. „Schade, aber dann muss ich wohl. Sagt eurem Pastor, dass es mir sehr gut gefallen hat.“

„Mach ich. Behalte den Dietrich ruhig." Rahel nahm ihr neues Spielzeug, das Estelle ihr immer noch hinhielt, nicht an. „Dann kannst du zu Hause weiter üben. Ich habe mir einen größeren bestellt. Er kommt morgen mit der Post."

„Danke, Rahel, bis morgen!", verabschiedete sich Estelle und ging auf das Auto ihrer Mutter zu. Samuel wurde von seinen Eltern gerufen und verschwand auch.

„Was wetten wir, dass Herr Schöne sich auch gleich auf den Weg macht?", fragte Silas seine Schwester leise, als Werner zu ihnen herüber kam. In der Hand hielt er eine Bratwurst.

„Musste Estelle gehen?", fragte er, bevor er in die Bratwurst biss.

„Ja. Sag mal, Werner, wie kommt es eigentlich, dass man sich manchmal so in einem Menschen täuschen kann?", fragte Rahel nachdenklich, während sie Estelle und ihrer Mutter zuwinkte.

Der Pastor verschluckte sich an seiner Wurst und musste fürchterlich husten.

„Dass er so anders ist, als man denkt?", ergänzte Rahel.

Werner hustete weiter und griff nach einer Serviette.

„Was genau meinst du, Rahel?", fragte er mit seltsamer Stimme, als er wieder Luft bekam und sich den Mund abgewischt hatte.

„Ich habe gedacht, Estelle hätte der Gottesdienst nicht gefallen, aber das Gegenteil ist der Fall. Sie fühlt sich sehr wohl hier und hat mich ausdrücklich gebeten, dir das zu sagen."

„Ach so", meinte der Pastor erleichtert. „Ja, das liegt wohl daran, dass wir den anderen nur vor den Kopf sehen können. Um sie wirklich kennenzulernen, muss man sich Zeit nehmen und gut zuhören. So wie bei Anton zum Beispiel. Er kann wirklich gut zuhören."

Werner zeigte auf Rahels Onkel, der auf der Bank ganz in der Nähe Platz genommen hatte. Dort saß schon Martha

Kleinhaus. Die gebeugte alte Dame schien traurig zu sein. Eine Träne rollte über ihre zerfurchten Wangen. Sie nahm ein Eukalyptusbonbon aus ihrer altmodischen Handtasche.

„W… warum weinst du?“, fragte Anton unverblümt in der ihm eigenen Neugier.

Die 85-Jährige lächelte wehmütig.

„Ach, Anton“, sagte sie und wischte sich die Nase mit einem dünnen, feuchten Stofftaschentuch ab. „Weißt du, ich merke, dass mit mir etwas nicht stimmt. Mein Kopf ist nicht mehr so ganz in Ordnung. Ich vergesse so viel.“

Sie schniefte, wickelte das Bonbon aus und schob es sich in den Mund.

„N… na und?“, antwortete Anton. „M… mein K… Kopf ist auch nicht so ganz in Ordnung. U… und trotzdem hat Gott mich lieb! D… das ist doch schön, oder?“

Jetzt musste die alte Dame noch mehr weinen. Aber ihre Augen strahlten plötzlich, und auf ihrem Gesicht erschien ein Lächeln.

„Ach, Anton“, sagte sie noch einmal und tätschelte Antons Arm. „Du hast ja so recht! Danke dir.“

„Bitte“, antwortete Onkel Anton trocken.

„Und er predigt sogar besser als ich“, sagte Werner lächelnd zu Rahel. „Das muss ich neidlos anerkennen!“

IN GEFAHR

„Ich glaube, ich spinne! Ronny, guck mal!", stieß Silas hervor. Er stand an der Fensterfront des Klassenraums der 9b und starrte auf die Straße, die an der Schule vorbeiführte. Am Straßenrand, zwei Stockwerke unter ihnen, stand ein metallic-blauer Lieferwagen mit einer Beule auf der rechten Seite.

„Das gibt es doch nicht! Kannst du das Kennzeichen erkennen?", fragte er aufgeregt.

„Leider nein, nur ATB. Wir müssen irgendwie runter und den Rest ablesen, bevor er verschwindet."

Doch in diesem Moment betrat Frau Müller den Raum und begrüßte die Kinder auf Französisch. Alle flitzten auf ihre Plätze. Nur Ronny konnte sich nicht vom Anblick des Transporters lösen. Er starrte auf das Nummernschild, das nur halb zu sehen war, als könnte er durch bloße Gedankenkraft die fehlenden Buchstaben und Zahlen vor seinem Auge erscheinen lassen. Silas rief ihn leise, doch er reagierte nicht. Plötzlich stand die Lehrerin neben ihm.

„Nun, Monsieur Till, was ist so interessant da draußen, dass Sie meine Unterrischt verpassen wollen?", fragte sie.

Ronny schrak zusammen.

„D… das Auto h… hat eine Beule“, stotterte er.

Frau Müller hob eine Augenbraue.

„Ah so, du glaubst, eine Wagen ist etwas Besonderes, nur weil er 'at eine Beule? Vielleischt in Deutschland, Monsieur Till, aber in Frankreisch es ist völlisch normal. Fast jede Wagen 'at eine schöne Beule. Zufällisch ge'ört diese Wagen den 'andwerkern, die die Schultoiletten reparieren. Also, bitte setz disch. Du kannst die Beule in die Pause weiter bewundern.“

Unter dem Kichern seiner Klassenkameraden flüchtete sich Ronny auf seinen Platz. Aber von dem Unterricht bekam er nicht mehr viel mit. Silas erhielt zwischendurch die Erlaubnis, aufs Klo zu gehen, und kam wenig später mit einem triumphierenden Lächeln auf den Lippen zurück.

„Und? Hast du die Nummer?“, fragte Ronny ihn, sobald die Fünf-Minuten-Pause angefangen hatte und Frau Müller hinausgestöckelt war. Silas hielt ihm den kleinen Zettel hin, auf dem er das komplette Kennzeichen notiert hatte.

„ATB – SM 318“, las Ronny vor. „Das sind aber unfreundliche Handwerker. Wenn sie – wie sagte dein Vater? – Unfallflucht begehen.“

„Ganz deiner Meinung“, bestätigte Silas. „Ich schicke Opa das Kennzeichen, sobald ich an ein Handy komme. Du hast auch noch keins, oder?“

„Nein“, bedauerte Ronny. „Konnte mich zwischen den Modellen nicht so schnell entscheiden, und dann war meine Mutter nicht einverstanden. Weißt du die Nummer von deinem Opa auswendig?“

Silas nickte.

„Hey, Mirko! Leihst du uns mal kurz dein Handy? Silas muss was nach Hause schreiben.“

Bereitwillig stellte Mirko sein Smartphone zur Verfügung, und wenig später las Opa Schmickler das Kennzeichen des Transits von seinem Display ab.

„Ich muss mal", sagte Estelle zu Rahel.

Sie warf ihren Schulrucksack über die Schulter und wandte sich zur Mädchentoilette. Sie hatten große Pause, und ein Handwerker in einem blauen Arbeits-Overall kam gerade aus der Tür. Er hatte eine Kappe auf und trug eine Schutzbrille mit leicht getönten Scheiben. Vor der Toilette stand sein knallroter Werkzeugwagen auf großen Gummirollen, dem er sich jetzt zuwandte. Offensichtlich fehlte ihm ein Werkzeug.

„Äh, kann man die Toilette benutzen?", fragte Estelle.

Es war die innere Toilette im Erdgeschoss, die der 8a am nächsten lag. Jetzt konnte sich Rahel auch denken, warum der Bodyguard wollte, dass sein Schützling diesen Raum ohne Fenster benutzte. Wer auch immer Estelle dort eventuell auflauern wollte, musste durch das Gebäude hindurch und würde auffallen.

„Ja, kein Problem", sagte der Handwerker freundlich. Er sah sauber und ordentlich aus. „Es ist nur die erste Toilette gesperrt. Ich warte hier, bis du fertig bist", bot er sogar an.

„Das ist nett von Ihnen, vielen Dank", sagte Estelle und öffnete die Tür.

Rahel hatte währenddessen Ronny und Silas entdeckt und steuerte auf sie zu, damit sie nicht an ihr vorbeiliefen. Sie hatte irgendwie ein komisches Gefühl, konnte aber nicht sagen, warum.

„Wir warten auf dem Schulhof auf dich!", rief sie ihrer Freundin noch über die Schulter zu, bevor Estelle hinter der Toilettentür verschwand.

„Wir haben den Transit auf der Straße vor der Schule gesehen", informierte Silas seine Schwester, sobald sie sich auf dem Schulhof ein ruhiges Plätzchen gesucht hatten. Er reichte ihr den Zettel. „Das ist sein Kennzeichen. Ich habe es Opa schon geschickt."

„Super! Das ist doch mal eine gute Nachricht", freute sich Rahel und biss in ihre Banane.

Das komische Gefühl war immer noch da, und sie sah sich um. Der falsche Sportlehrer war schon wieder in ihrer Nähe. Vermutlich wartete er genauso auf Estelle wie die Kinder. Der Bodyguard wusste natürlich, wer sich in dieser ersten Woche mit seinem Schützling angefreundet hatte. Doch die Gruppe auf dem Schulhof wartete vergeblich. Estelle kam nicht. Rahel sah nervös auf die Uhr.

„Wo bleibt Estelle?", fragte Silas, als die Pause fast schon auf ihr Ende zuging.

Rahel zuckte die Schultern.

„Ich weiß nicht, vielleicht hat der Handwerker sich geirrt und das Klo funktionierte doch nicht?", überlegte sie laut.

Plötzlich trat Herr Schöne an sie heran. Ohne Vorwarnung fasste er Rahel hart am Arm und zog sie zu sich.

„Welcher Handwerker?", fragte er.

„He!", beschwerte sich Rahel, aber der Sportlehrer ließ sie nicht los. „Der … der Handwerker, der die Mädchentoilette repariert!", stotterte sie verwirrt.

„Es sind für heute keine Handwerker bestellt!", stieß Herr Schöne hervor und löste endlich seinen Griff.

Rahel wurde blass. Sie sah dem Personenschützer hinterher, der plötzlich auf das Schulgebäude zu sprintete.

„Was ist denn mit dem los?!", fragte Silas.

„Die Handwerker sind nicht nur unfreundlich, sondern falsch", stöhnte Rahel.

Mist! Deswegen hatte sie dieses dumme Gefühl gehabt; ein Handwerker konnte sich völlig unauffällig in einem Schulgebäude bewegen, und Estelle hatte doch den Transit vor ihrer Haustür gesehen!

„Und was hat das mit Estelle zu tun?", fragte Ronny. „Und warum rennt Herr Schöne los, als ginge es um sein Leben?"

Rahel schüttelte den Kopf.

„Nicht um seins, sondern um das von Estelle", sagte sie und biss nervös auf ihren Daumen.

„Warum das denn?", rief Silas erschrocken.

„Pscht!", fuhr seine Schwester ihn an. „Weil ihr Vater sehr reich ist und fürchtet, dass jemand Estelle etwas antun will. Herr Schöne ist ihr Bodyguard", fasste Rahel blitzschnell und flüsternd das Gespräch von gestern zusammen. „Das müsst ihr aber für euch behalten."

Wenn Estelle in Gefahr war, wäre Schweigen wohl gefährlicher als Reden, beschloss sie für sich. Den Jungs klappten die Unterkiefer herunter. Sie waren für einen Moment sprachlos. Doch schon im nächsten befahl Silas:

„Los! Wir müssen Herrn Schöne helfen!"

Ronny und Rahel rannten gleichzeitig los, als hätte Silas den Startschuss für einen olympischen Finallauf abgefeuert. Kurz nach dem Klingeln, das das Ende der Pause ankündigte, erreichte das Trio das Schulgebäude. Dummerweise strömten schon Hunderte von Schülern in die Flure. Ronny pflügte entschlossen mit den Armen durch die Menge. Durch seine Größe hatte er den besseren Überblick und teilte das Meer der Gymnasiasten vor sich in zwei Hälften. Doch Silas und Rahel blieben ihm dicht auf den Fersen. Bevor Rahel die Tür zum WC aufstieß, registrierte sie noch, dass der knallrote Werkzeugwagen des falschen Klempners nicht mehr vor der Toilette stand. Jetzt fiel ihr auch ein, was sie gerade eben an ihm gestört hatte: Für einen Handwerker war der Typ viel zu sauber gewesen! Seine Klamotten hatten brandneu ausgesehen! Die Jungs zögerten nur kurz, bevor sie dem Mädchen in den Raum folgten. Das hier war ein Notfall!

„Guckt mal, Silas muss mal für kleine Mädchen!", hörten sie Nicks spöttische Stimme, bevor die Tür hinter ihnen ins Schloss fiel.

In dem Raum war es wesentlich leiser als draußen auf dem Flur. Nur langsam ebbte der Strom der Schüler draußen ab.

„Estelle?!“, fragte Rahel ängstlich, aber unnötigerweise, denn niemand war zu sehen und niemand antwortete.

Trotzdem öffnete sie die erste Kabine weit und ging ein Stück hinein, als vermute sie, ihre Freundin hinter der Tür zu finden. Als ihr Blick auf die Kloschlüssel fiel, schrak sie zurück.

„Was ist?!“, fragte Silas.

„Da liegt ein Handy im Wasser“, stammelte Rahel.

Ronny schob sie zur Seite und griff ohne zu zögern in den Abfluss. Er packte das Smartphone und schüttelte die Wassertropfen ab, bevor er es mit ein paar Papiertüchern abwischte.

„Gehört das Estelle?“, fragte er und hielt das nasse Handy unter den elektrischen Handtrockner. Rahel nickte verstört.

„Aber wo ist sie?“, fragte sie.

„Und wo ist Herr Schöne?“, ergänzte Silas.

Er ging durch den Raum und stieß ein paar weitere Türen auf. Als er an der vorletzten Kabine angekommen war, hielt er inne und horchte. Der Trockner ging gerade aus, und bevor Ronny erneut auf den Knopf drücken konnte, sagte Silas:

„Sei mal still, Ronny, ich höre was.“

Ronny ließ die Hand sinken und lauschte. Deutlich hörten alle drei ein leises Stöhnen hinter der Tür. Schnell, aber vorsichtig öffnete Silas die Kabine und erschrak.

„Oh, hallo, Silas!“, begrüßte ihn Herr Schöne mit einem gequälten Lächeln.

Er war bleich und wirkte benommen. Seine rechte Hand tastete nach seinem Hinterkopf. Als er sie wieder nach vorne nahm und anschaute, war sie voller Blut.

„Hilfe!“, entfuhr es Rahel. Sie schlug die Hand vor den Mund. „Wo ist Estelle?!“, flüsterte sie durch ihre Finger.

„Ich … weiß es nicht“, stöhnte der Lehrer.

„Ich rufe den Rettungswagen!", sagte Ronny.

„Nein!", hielt Herr Schöne ihn barsch zurück. „Mir geht es gut, ich bin hart im Nehmen. Mein Dickschädel geht nicht so schnell kaputt."

Ronny blieb gehorsam stehen, und Silas angelte nach dem Stofftaschentuch in seiner Hosentasche. Er näherte sich Herrn Schöne.

„Darf ich?", fragte er und drückte das Taschentuch vorsichtig auf die Kopfplatzwunde, nachdem Herr Schöne genickt hatte.

„Ist okay, Ronny. So was sieht schlimmer aus, als es ist", beruhigte er seinen Klassenkameraden.

„Danke, Silas", sagte der Lehrer.

Seine eigene Hand übernahm jetzt das Taschentuch und drückte es auf den blutenden Kopf.

„Was machen wir jetzt?", fragte Ronny.

Der Aushilfslehrer versuchte aufzustehen, was ihm aber erst im zweiten Anlauf gelang. Er lehnte sich einen Augenblick an die Trennwand der Toilettenkabine.

„Helft mir zum Direktor, bitte. Ich schreibe euch dann eine Entschuldigung fürs Zuspätkommen", versuchte er zu scherzen.

Rahel lächelte, doch ihre Augen waren feucht.

HERR KOCHER

Der Direktor des MCG, wie das Matthias-Claudius-Gymnasiums auch genannt wurde, starrte wie gelähmt auf den Brief, der da in einer durchsichtigen Plastiktüte vor ihm auf seinem Schreibtisch lag. Er war nicht mit der Post gekommen, denn der Umschlag trug keine Marke, und er konnte ihn auch nicht zur Bearbeitung an Frau Sattler, seine Sekretärin, weiterreichen. Das hier war Chefsache. Leider. Herr Kocher seufzte und rieb sich die Stirn. Es war das erste Mal, dass er ein Erpresserschreiben gelesen hatte, und es würde hoffentlich das letzte Mal gewesen sein.

„Es tut mir aufrichtig leid, Herr Mombauer, dass ich Ihre Tochter nicht besser schützen konnte“, entschuldigte sich der falsche Sportlehrer bei seinem Auftraggeber, der sofort mit dem firmeneigenen Helikopter nach Burgenach gekommen war.

Der Bodyguard saß in dem einzigen Ledersessel im Zimmer des Schulleiters. Obwohl es ihm besser zu gehen schien und sein Kopf mit einem Verband versorgt worden war, sah er aus wie ein gerupftes Huhn. Seine Hände hatte er zwar gewaschen, aber auf seinem Hemd hatte das Blut hässliche Flecken hinterlassen, die langsam braun wurden. Der Angesprochene räusperte sich.

„Es war nicht Ihre Schuld, Matthias“, sagte der Mann im Anzug mit rauer Stimme. „Sie hatten mich gewarnt, Sophia hierher zu schicken. Ich war mir des Risikos bewusst. Wer weiß, ob sie in Ludwigshafen wirklich sicherer gewesen wäre.“

Nervös strich sich Herr Mombauer mit den Händen über das glattrasierte, aber jetzt fahle Gesicht. Dann wischte er sich mit einem Taschentuch, das er aus der Jackettasche genommen hatte, den Schweiß aus dem Nacken. Ein leichter Hauch Rasierwasser wehte den Detektiven entgegen. Ronny, Rahel und Silas saßen stumm auf den harten Stühlen, die Herr Kocher von seiner Sekretärin hatte bringen lassen, bevor er sie zurück ins Sekretariat geschickt hatte. Estelle hieß also eigentlich Sophia Mombauer und kam nicht aus Kaiserslautern, so viel hatten die drei Detektive immerhin verstanden.

„Herr Mombauer, wir tun unser Bestes!“, sagte einer der beiden Polizisten, die ebenfalls anwesend waren.

„Davon gehe ich aus, Herr Bertram“, versicherte Sophias Vater und setzte sich aufrechter hin.

Die Kinder kannten den Polizeihauptkommissar von der Wache in Brehlweiler. Er hatte erst vor Kurzem ihre Zeugenaussagen in ihrem ersten Fall aufgenommen. Der andere Beamte, der nicht als Polizist zu erkennen war, hatte sich als Kriminalhauptkommissar Ockenfels vorgestellt. Die Kriminalinspektion Koblenz war für den Entführungsfall zuständig und hatte ihn sofort übernommen.

„Die Ringfahndung läuft sehr schnell an“, erklärte Polizeihauptkommissar Bertram weiter und nestelte am Kragen seines Uniformhemdes. Offenbar war ihm warm. „Es war gut, dass Herr Kocher uns ohne Zeitverzug informiert hat. Die angeforderte Unterstützung ist dabei, alle Ausfahrtstraßen im Umkreis von 50 km zu besetzen. Die Straßen, die nach Burgenach oder besser aus der Stadt herausführen, sind von uns bereits abgesperrt worden. Der metallic-blaue Transit ist auffällig. Er dürfte nicht weit kommen, zumal wir dank der Kinder das Kennzeichen haben."

Silas stöhnte. Das Nummernschild war natürlich falsch. Ein Halter für den Wagen mit dem Kennzeichen ATB–SM 318 war nicht zu ermitteln gewesen. Es war nicht gerade beruhigend, dass SM die Anfangsbuchstaben von Estelles echtem Vor- und Nachnamen waren: Sophia Mombauer. Und der 31. August war ihr Geburtstag.

„Es sieht so aus, als ob der oder die Täter – das Mädchen hier sprach ja von einem Mann und einer Frau, die Sophia in dem Wagen vor ihrer Haustür gesehen hat – Ihre Familie sehr genau kennen."

Sophias Vater seufzte.

„Ja, ich weiß, ich habe das auch schon vor ein paar Monaten mit den Kollegen in Ludwigshafen besprochen. Ich habe natürlich jede Menge Angestellte in meiner Firma und auch Hauspersonal, aber wirklich zutrauen würde ich es nur meinem ehemaligen Buchhalter. Ich habe ihn vor drei Jahren entlassen müssen, weil er Geld unterschlagen hat. Er hat es mir übel genommen, dass ich die Tat angezeigt habe und er für ein Jahr ins Gefängnis musste. Aber als die Ludwigshafener Kripo ihn unter die Lupe nahm, hat man nichts Verdächtiges bei ihm finden können, und er schien auch nicht mehr wütend zu sein. Im Gegenteil: Er machte einen zufriedenen, geläuterten Eindruck und ist aus Ludwigshafen weggezogen."

„Wie gehen wir jetzt weiter vor?", fragte Herr Kocher und wandte sich an Kriminalhauptkommissar Ockenfels. „Ich würde den Schulbetrieb gerne so normal wie möglich aufrechterhalten. Es ist wohl niemandem gedient, wenn die Eltern der übrigen Schüler in Panik versetzt werden."

„Nein, da haben Sie recht. Es ist auch für Sophia das Beste, so wenig Aufhebens wie möglich zu machen und den Kreis der Mitwisser klein zu halten. Die Entführer sollen denken, dass sie alles im Griff haben. Dann ist sie fürs Erste relativ sicher", bestätigte der Beamte aus Koblenz.

„Also meldest du Sophia krank, Thomas?", wandte sich der Direktor an Herrn Mombauer.

Der nickte.

„Selbstverständlich, Hubert."

„Und ich lasse den Unterricht ganz normal weiterlaufen, da Sie davon ausgehen, Herr Ockenfels, dass meine übrigen Schüler nicht gefährdet sind. Die Entführer haben ja im Moment, was sie wollten. Leider."

„Ja, das ist so", stimmte der Kriminalhauptkommissar der Aussage des Direktors zu.

Sophias Vater schloss die Augen und senkte den Kopf. Es sah aus, als würde er beten.

„Wir halten Sie auf dem Laufenden, falls sich eine Änderung für den Schulbetrieb ergibt oder wir an die Öffentlichkeit gehen", versprach der Polizist.

„Sehr gut! Darum wollte ich gerade bitten", bedankte sich Herr Kocher. „Und was ist mit Sophias drei Freunden hier?", fragte der Direktor und zeigte auf die drei Detektive. „Frau Schmickler ist bereits auf dem Weg hierher. Frau Till hat meine Sekretärin noch nicht erreicht."

„Sie ist auf der Arbeit", sagte Ronny leise.

Nachdenklich sah der Kriminalbeamte zu Rahel und Silas.

„Es wird das Beste sein, sie zwei Tage zu Hause zu lassen. Vorausgesetzt, sie sind dort nicht allein. Zumindest ein Erwachsener sollte anwesend sein."

„Heißt das, wir dürfen solange das Haus nicht verlassen?", platzte Rahel heraus und starrte Herrn Bertram von der Wache in Brehlweiler empört an.

„Es ist zu eurer eigenen Sicherheit, Rahel", sagte Herr Kocher ruhig.

Der hagere, schon leicht ergraute Mann verlor anscheinend nie die Beherrschung, und ihr Name war jetzt wohl unauslöschlich in sein Gedächtnis gebrannt.

„Ja, Rahel", sagte Herr Bertram leise und bemüht, sich ein Lächeln über Rahels Empörung zu verkneifen. „Es sei denn, die Sonderkommission entscheidet etwas anderes. Was euch drei sowie die Verhandlung mit den Entführern und das weitere Vorgehen wie eine mögliche Befreiung des Entführungsopfers betrifft, dafür sind wir nicht mehr zuständig." Der Polizist sah auf die Uhr. „Ich muss jetzt auch zurück nach Brehlweiler."

Silas seufzte. Er würde auch gerne zurück nach Brehl, zurück in sein altes, friedliches Leben. So langsam schmerzte sein Po von dem harten Stuhl, und sein Magen begann zu knurren. Doch dann schämte er sich sofort. Was war diese kleine Unannehmlichkeit gegen das, was Sophia gerade durchmachte? Ihm wurde heiß, und er begann, für Rahels Freundin zu beten.

„Warum zwei Tage?", hakte Ronny nach.

Kriminalhauptkommissar Ockenfels zögerte unmerklich. Eigentlich war es schon nach einem halben Tag unwahrscheinlich, dass die Entführer mit ihrer Geisel noch in der Nähe waren. Er wusste, dass die Ringfahndung langsam gelockert und dann ganz abgeblasen werden würde. Die nächste Möglichkeit zur Ergreifung der Täter war erst die Lösegeldübergabe, wenn sie nicht vorher noch einmal Kontakt mit Herrn Mombauer aufnahmen oder kalte Füße bekamen und Sophia freiließen.

„Das ist so üblich", sagte er und verschwieg, dass erfahrungsgemäß mit jedem Tag, der verging, die Chance sank, Sophia lebend zurückzubekommen. Aber an diesen schlimmsten Fall wollte er gar nicht denken.

„Wie war der Name?“, fragte die Dame am Empfang des Hotels „Rheinblick“ den blonden, kräftigen Mann, der an der Theke stand.

„Großhaupt, Gregor. Ich hatte reserviert.“

Die Frau tippte den Namen in ihren Computer und schaute dann hoch.

„Zwei Doppelzimmer mit Blick auf den Rhein und rollstuhlgerecht?“

Der Mann lächelte freundlich.

„Ja, genau. Deswegen habe ich Ihr Hotel ausgewählt. Leider ist es nicht überall selbstverständlich, dass ich mit meiner Tochter so gut untergebracht bin.“

Die Empfangsdame freute sich sichtlich über das Lob, als sich die Schiebetür erneut öffnete. Eine dunkelhaarige Frau erschien in der Halle. Sie schob einen großen Liegerollstuhl vor sich her, in dem eine schlafende Person lag. Sie war so dick eingepackt, dass man kaum erkennen konnte, ob es sich um ein Mädchen oder einen Jungen handelte, aber der Mann hatte ja von einer Tochter gesprochen. Schnell wandte die Hotelangestellte den Blick von der Person im Rollstuhl, denn sie wollte nicht unhöflich wirken.

„Zimmer 307 und genau gegenüber 306.“

Sie holte zwei Plastikkarten aus einer Schublade und reichte sie über die Theke.

„Das Passwort zu unserem kostenlosen WLAN lautet ‚Rheinblick‘. Wenn Sie Hilfe brauchen, wenden Sie sich bitte jederzeit an mich oder an meine Kollegen. Der Empfang ist bis 22 Uhr besetzt und dann wieder ab 5 Uhr in der Früh.“

Die Frau reichte die Karten über die Theke und beschrieb dem Gast den Weg zum Lastenaufzug, der sie bequem in den dritten Stock befördern würde. Als sie auch auf die Barrierefreiheit im Speisesaal und auf die Zahlungsmodalitäten hingewiesen hatte, warf sie doch noch einmal einen Blick zu der Kranken im Rollstuhl. Sie zwinkerte mit den Augen und runzelte die Stirn. Herr Großhaupt schien ihre Verwirrung zu bemerken, denn er fühlte sich zu einer Erklärung genötigt.

„Sie wundern sich über die Hautfarbe meiner Tochter? Ihre Mutter ist aus Afrika. Sie brauchte etwas Erholung, deswegen ist sie nicht mitgefahren, sondern ich habe unsere Pflegekraft und einen Angestellten mitgenommen."

„Es tut mir leid, ich wollte nicht indiskret sein", entschuldigte sich die Empfangsdame mit glühend roten Wangen.

„Das ist kein Problem", erwiderte der Gast höflich und zuvorkommend.

„Ich wünsche einen angenehmen Aufenthalt!"

„Danke!", sagte der Mann knapp und verließ die Halle in die beschriebene Richtung.

Die dunkelhaarige Frau schob den Rollstuhl langsam hinter ihm her.

„Mein Mann hat unseren Wagen bereits in die Tiefgarage gefahren", informierte sie die Empfangsdame und blieb kurz bei ihr stehen.

„Sie dürfen zum Be- und Entladen auch kurzzeitig direkt hier vor dem Hotel parken", versicherte diese. „Allerdings geht der Lastenaufzug auch direkt bis in Parkhaus."

„Ja, hervorragend! Das wird eine Erleichterung sein", bedankte sich die Pflegerin.

ABWARTEN UND TORTE ESSEN

„Was glaubt ihr? Sind die noch in der Nähe?", fragte Ronny in die Runde.

Diesmal tagte die Detektei Anton am Esstisch im Wohnzimmer der Schmicklers. Ronny war für zwei Tage zu ihnen gezogen, da seine Mutter nicht ständig zu Hause sein konnte. Sie war sehr besorgt um ihn gewesen und dankbar, dass ihr Sohn so sicher unterkommen konnte. Die Waldmeister-Joghurt-Torte, die Mama zur Beruhigung gebacken hatte, stand genau in der Mitte der Detektive, und der glatte grüne Götterspeisespiegel auf der Torte glänzte verlockend. Trotzdem bekam Rahel keinen Bissen herunter. Silas dagegen hatte bereits das zweite Stück verdrückt und drei Tassen Kakao getrunken.

„Ich glaube, nicht", sagte Rahel. „Es wäre schön dumm."

„Ich glaube, schon", widersprach Silas und goss sich den vierten Kakao ein. „Es wäre doch schlau, genau das Gegenteil von dem zu tun, was die allermeisten tun. Warum mit dem auffälligen Fahrzeug fliehen, wenn alle Straßen abgesperrt sind? Besser wartet man doch irgendwo ab und fährt erst seelenruhig davon, wenn die Polizei denkt, dass man längst über alle Berge ist!"

„Im Krimi vielleicht", schnaubte Rahel.

„Dann hast du als Entführer aber nicht nur ein, sondern zwei große Probleme", gab Ronny zu bedenken. „Wenn man einmal von der Lösegeldübergabe absieht."

„Die da wären?", fragte Silas.

„Du musst nicht nur die Geisel verstecken, sondern auch noch ein großes Auto", antwortete sein Freund.

„Ja, das stimmt, aber so schwierig ist das nun auch wieder nicht, wenn man sich auskennt."

„Warum sollte der Entführer sich auskennen? Glaubst du, er ist zufällig von hier, und Sophias Vater kommt zufällig genau auf die Idee, seine Tochter nach Burgenach zu schicken? Etwas zu viel Zufall für meinen Geschmack", protestierte Rahel.

„Nein, so meine ich das nicht", wehrte ihr Bruder ab. „Aber wenn man weiß, wo Estelle … äh, Sophia ist, dann fährt man hin und kundschaftet die Gegend aus und sucht geeignete Verstecke."

„Sophia war aber noch nicht lange hier, Silas. Erst ein paar Tage."

„Stimmt, aber die Wohnung mussten sie doch bestimmt vorher mieten und auch das Ganze mit Herrn Kocher absprechen. Vielleicht wussten die Entführer schon lange vor dem Umzug genau Bescheid", überlegte Silas.

„Dann müssten sie aber sehr nah an Herrn Mombauer dran sein. Und viel Zeit zur Verfügung haben", sagte Rahel.

„Arbeitslose zum Beispiel haben viel Zeit", schlug Ronny vor.

Er sprach aus eigener, leidvoller Erfahrung. Es war nicht so schön gewesen, als sein Papa monatelang und meist mit schlechter Laune zu Hause herumgesessen hatte. Sehr wahrscheinlich hatte diese Zeit Mamas Entschluss zur Trennung endgültig besiegelt.

„Außerdem sind es doch mindestens zwei, vielleicht drei. Da kann man auch in wenigen Wochen eine ganze Menge planen und auskundschaften", schob er hinterher.

Rahel erwiderte nichts. Sie machte sich furchtbare Sorgen um ihre Freundin. Papa hatte sie nicht wirklich beruhigen können. Sie hatte ihm angemerkt, dass eine Entführung wirklich ernst war, und je mehr Zeit verstrich, desto schlimmer fühlte sie sich. Sophia war nun schon mehr als vierundzwanzig Stunden in den Händen dieser Verbrecher, und Rahel fühlte fast körperlich mit, was es bedeutete, vielleicht im Dunkeln eingesperrt zu sein.

„Okay", fasste Silas zusammen. „Wenn sie über alle Berge sind, sind wir raus. Wir sitzen hier für mindestens einen weiteren Tag fest, und auch danach lässt man uns garantiert nicht nach Ludwigshafen fahren. Im Moment können wir also nur überlegen, wo es hier im Umkreis geeignete Verstecke gibt und was wir mit einem verdächtigen Auto machen würden."

„Und dann?", fragte Ronny.

Silas guckte zu seinem Onkel, der bis jetzt stumm neben ihnen gesessen und zugehört hatte. Er genoss die Waldmeistertorte sichtlich und schlürfte ab und zu an seinem Kaffee.

„Dann schicken wir Onkel Anton mit seinem Ellenator los. Er darf schließlich raus und kann die Orte absuchen, die uns einfallen."

„Ellenator?", fragte Ronny. „Ist das sein schwarz-gelbes Mini-Auto mit den eng stehenden Hinterreifen?"

„Ja", erklärte Silas. „Genau deswegen gilt es als Dreirad, und Anton braucht nicht den großen Autoführerschein. Es fährt nur 25 Stundenkilometer."

„Immer noch schneller als wir mit unseren Rädern", sagte Rahel und wandte sich an ihren Onkel.

„Onkel Anton?", fragte sie möglichst liebenswürdig. „Könntest du für uns weiter nach dem Transit Ausschau halten?"

„Mhm, k… kann ich machen“, bejahte der. „W… wo soll ich denn gucken?“

„Das müssen wir uns noch überlegen“, grinste Silas.

Rahel malte sorgfältig das Kennzeichen auf einen Zettel und schob es ihrem Onkel zu.

„Das ist das Kennzeichen, mit dem das Auto zuletzt gesehen wurde. Wenn du es siehst, kannst du so vergleichen, ob es das richtige ist.“

Anton griff nach dem Zettel, starrte eine Weile darauf und stecke ihn dann ohne ein weiteres Wort in seine Hosentasche.

„Also, Leute, wo könnte man hier ein Auto oder eine Geisel oder beides verstecken?“, fing Silas wieder an. „Oder loswerden?“, fügte er dann noch hinzu. „Also, ich meine, wo kann man ein Auto loswerden!“, ergänzte er schnell, als er Rahels erschrockenen Blick sah. Dann schwieg er.

„Äh … es gibt hier viel Wald“, begann Ronny nach einer Weile. „Und ein paar alte Bunker aus dem Zweiten Weltkrieg.“

Silas nickte.

„Die Bunker. Das wäre eine Möglichkeit. Aber nicht alle Bunker erreicht man mit so einem großen Auto. Es ist nicht erlaubt, auf den Waldwegen zu fahren. Das fällt auf. Die Leute melden so was.“

„Außerdem würde Sophia sich wehren, um Hilfe rufen, schreien, um sich treten, sie ist doch so gut in Selbstverteidigung“, sagte Rahel.

Es klang, als wolle sie sich selber Mut machen.

„Nicht, wenn sie betäubt ist“, meinte Ronny, und Rahel schnappte nach Luft. Sie sah ihn böse an. Das war jetzt wirklich nicht nötig gewesen! Doch bevor seine Schwester einen Spruch loslassen konnte, fragte Silas:

„Was haltet ihr von einem Parkhaus oder einer Kfz-Werkstatt?“

„Parkhäuser sind zu unsicher. Die grast die Polizei bestimmt ab. Dasselbe gilt für die Autowerkstätten", wehrte Ronny ab. „Ein Auto, das man nicht mehr braucht, kann man auch einfach am Straßenrand abstellen, natürlich nur, wenn es einem egal ist, ob die Polizei es findet."

„Ein Wohnhaus mit Garage mieten?", schlug Silas weiter vor. „Für Auto und Geisel?"

Ronny nickte.

„Das wäre auch eine Möglichkeit. Das Problem sind nur die Nachbarn. Aber man kann es vielleicht riskieren. Vielleicht wechseln sie das Fluchtauto auch, bevor sie versuchen, durch die Straßensperren zu kommen."

„Ein … ein Hotel!", schmiss Onkel Anton einen Vorschlag in die Runde.

Silas sah ihn an und überlegte.

„Ein Hotel?! Das wäre ganz schön braun, dort so am helllichten Tag hereinzuspazieren!"

Onkel Anton zuckte die Achseln.

„So … Sophia ist doch braun, oder?", sagte er trocken.

Jetzt musste sogar Rahel schmunzeln.

In Dortmund war *braun* nur ein anderes Wort für unverschämt. Ihr war nie in den Sinn gekommen, dass man es leicht missverstehen konnte.

„Ich bin nur froh, dass ich ihr mein Pick-Set geliehen habe. Vielleicht hatte sie gestern genug Zeit zum Üben und vielleicht hatte sie es heute dabei und kann es irgendwie gebrauchen", sagte sie.

Ja, und vielleicht hat man es ihr nicht weggenommen. Das ist mindestens ein Vielleicht zu viel, dachte Ronny, aber er nickte nur.

„Sie ist ganz schön geschickt", sagte er, und Rahel sah ihn dankbar an.

Sophia schlug die Augen kurz auf und blickte in einen weißen Himmel. Es schneite. Seltsam, ihr war gar nicht kalt! Sie kniff die Augen noch einmal fest zusammen und öffnete sie langsam. Der Himmel war kein Himmel, sondern eine weiße Zimmerdecke, und es schneite auch nicht. Langsam kam sie zu sich. Ihr Kopf fühlte sich an wie in Watte gepackt und schmerzte dumpf. Wo war sie und wie war sie hierhergekommen? Sie blinzelte und versuchte sich zu erinnern. War sie in ihrem Bett? Sie lag weich und war mehrmals aufgewacht und wieder eingeschlafen. Das wusste sie. Aber, Moment? War sie nicht auch auf der Toilette gewesen? Ihr Nacken fühlte sich steif an. Sie drehte den Kopf nach links und rechts. Dann hob sie müde die Hände, um sich über die Augen zu wischen.

Doch was war das? Plötzlich war Sophia hellwach. Ihr Herz setzte kurz aus und fing dann an zu rasen. Der Puls pochte ihr in den Ohren, und ihr Wattekopf schien zu zerspringen. Ihre Hände waren nicht frei! Sie steckten in einem schwarzen Loch! Das Loch wurde langsam heller, und plötzlich starrte Sophia auf zwei miteinander verbundene Metallringe, die um ihre Handgelenke lagen. Sie war gefesselt! Vor Schreck wollte sie aufschreien. Doch gerade noch rechtzeitig riet ihr Gehirn zur Wachsamkeit, deshalb unterdrückte sie den Schrei und bewegte nur die Hände. Gleichzeitig sah sie hektisch nach links und rechts und entdeckte eine Dusche, ein Waschbecken und eine Toilette. Oder doch nicht? Konnte sie ihrer Wahrnehmung jetzt trauen? Der Schnee und das Loch waren ja auch nicht echt gewesen. Dann schloss sie noch einmal die Augen, atmete tief durch und schickte ein Stoßgebet zu Gott. Ihr Herzschlag beruhigte sich etwas.

Vorsichtig öffnete sie die Augen wieder, um ihre Umgebung genauer zu betrachten. Das Waschbecken war seltsam tief angebracht, die Toilette wirkte dagegen zu hoch. Links und rechts von ihr waren riesige, weiße Plastikgriffe.

Die Duschkabine hatte eine sehr breite Tür. Anstatt einer Duschtasse besaß sie nur einen ebenerdig gefliesten Boden. Es stimmte: Das hier war offensichtlich ein Badezimmer. Ein großes, für einen Körperbehinderten! Sophia rollte sich auf die Seite und setzte sich langsam und leise auf. Sehr gut! Beine und Arme schienen ihr jedenfalls zu gehorchen. Ihr Körper war heil geblieben, sie fühlte sich gesund. Der leichte Schwindel ließ langsam nach. Nur ihr Mund fühlte sich immer noch trocken an. Sie betete noch einmal, diesmal etwas länger, und bat Gott um Ruhe und Hilfe. Dann besah sie noch einmal gründlich den Raum, in dem sie sich befand. Sie saß auf einer Matratze, die kaum Platz zwischen Dusche und Waschbecken hatte. Auf dem Boden lagen weiße Fliesen.

Doch mit den Wänden stimmte etwas nicht. Sie waren nicht gefliest, wie es sich für ein Badezimmer gehörte. Nein, irgendwie war dort ein grauer Stoff angebracht. Schaumstoff in der Form von Eierkartons, also von der unteren Hälfte von Eierkartons. Sophia begriff: Der Schaumstoff diente dem Schallschutz, wie in einem Aufnahmestudio. Sie hätte ruhig schreien können. Niemand hätte sie gehört! Neben der Kloschüssel stand ihr Schulrucksack. Als sie ihn sah, fiel ihr auf einmal alles wieder ein. Es waren keine schönen Bilder, die da ungewollt vor ihrem geistigen Auge vorbeizogen. Jemand hatte sie in der Schultoilette überfallen, als sie wieder aus der Kabine herauskam. Nein, nicht jemand, sondern der nette Handwerker. Sie schnaubte kurz. Nett war der absolut nicht gewesen! Er hatte nicht mehr gelächelt, sondern ihr ein Tuch auf den Mund gedrückt. Als ihr der süßliche Geruch in die Nase stieg, hatte sie sofort an Chloroform gedacht und versucht, die Luft anzuhalten und sich zu wehren, genau wie Matthias es ihr beigebracht hatte. Doch gegen den so viel kräftigeren Mann hatte sie keine Chance gehabt, auch wenn er hoffentlich ein paar blaue Flecken abbekommen hatte, als er sie auf den Boden gedrückt hatte. Das Mittel hatte sie trotzdem nicht betäubt, sondern nur schwindelig und benommen gemacht. Leider, denn so hatte sie mitbekommen, wie diese Frau mit eisernem Griff ihren Arm festhielt und etwas hineinspritzte. Danach war nur noch schwarze Nacht um sie gewesen.

Sophia kniete sich entschlossen hin und schob sich an ihren Rucksack heran. Immerhin hatte sie zu Essen und zu Trinken. Ihr gelang es, die Trinkflasche aus der Seitentasche zu ziehen und zu öffnen. Sie trank langsam und bedächtig. Dann wartete sie. Es schien ihr gut zu bekommen. Anscheinend hatte sie nicht zu viel Chloroform eingeatmet. Sie trank weiter. Dann verschloss sie die Flasche und holte die Banane heraus. Sie war braun geworden, aber so mochte sie Bananen eh am liebsten. Dankbar aß sie und merkte, wie sie neue Kraft bekam. Gut! Die würde sie brauchen. Sie warf die Schale in den kleinen Eimer, der unter dem Waschbecken stand, und hob sich das Butterbrot für später auf. Sophia atmete ein paar Mal tief ein und aus und durchsuchte mit zitternden Händen den Rucksack, so gut es mit den Fesseln möglich war. Das Handy war weg. Aber da, ganz unten …

Sophia lächelte. Rahels Pick-Set! Damit musste doch so ein Handfesselschloss aufzubekommen sein! Jetzt musste sie nur herausbekommen, mit wie vielen Feinden sie es zu tun hatte, und auf eine günstige Gelegenheit warten. Doch dann fiel ihr die Badezimmertür ein. Und sie schaute zur Tür. Mist! Sie hatte tatsächlich noch ein Schloss mit Schlüssel, und keinen der üblichen Drehverschlüsse. Das hier musste ein ziemlich altes Hotel sein! Und es war natürlich kein Zylinder-, sondern ein einfaches Zimmertürschloss. Um das zu bewegen, brauchte man einen stärkeren Dietrich. Na super, und ausgerechnet mit dem Sperrhaken hatte sie noch nicht geübt!

GENUG GEWARTET

„Fühl mal", sagte Hannah Schmickler zu ihrem Sohn und beugte ihren Kopf zur Seite.

Silas schaute auf. Mama sah aus wie ihre eigene Oma. Von oben bis unten war sie mit einer feinen Staubschicht bepudert. Auch ihre Haare waren grau. Silas streckte die Hand aus und berührte sie. Die Haare fühlten sich strohig und stumpf an, als hätte sie eine Perücke auf dem Kopf.

„Äh, echt eklig!", sagte Silas und zog die Hand zurück.

Er musste husten. Wahrscheinlich boten er und Ronny denselben Anblick wie Mama. Der Junge nahm die Atemschutzmaske ab und grinste seinen Freund an.

„Ich nehme an, wir sehen alle drei aus wie Gespenster", scherzte er.

Ronny grinste zurück. In dem grauen Gesicht wirkten seine Zähne gelb. Aber die körperliche Arbeit in Opas altem Haus hatte beiden Jungs gutgetan. So kamen sie auf andere Gedanken. Unter dem Fenster im ersten Stock stand ein Schuttcontainer, und gemeinsam hatten sie den Berg von Bauschutt aus dem Badezimmer und die Reste einer abgerissenen Wohnzimmerwand mit Eimern durch das Fenster nach draußen befördert. Das Letzte, was nach unten musste, war die Badewanne. Sie war bereits aus der Verankerung gerissen, aber noch in einem Stück.

„Danke für deine Hilfe, Ronny", sagte Mama. „Dass der ganze Dreck raus ist, ist eine richtige Erleichterung."

„Gern geschehen."

Er spürte den Sand zwischen den Zähnen.

„Mit der Badewanne wartet ihr auf Opa", befahl Mama, „nicht, dass ihr mir das zu zweit versucht, ihr hebt euch sonst einen Bruch! Das Biest ist aus Gusseisen und schwer." Sie zog sich die Arbeitshandschuhe aus. „Ich gehe duschen und koche uns etwas Schönes zur Belohnung. In zwanzig Minuten kann der Erste nachkommen."

Mit diesen Worten verschwand Frau Schmickler im Treppenhaus. Wenig später sahen Silas und Ronny sie über den Hof auf den Neubau zugehen. Ihr Schwiegervater kam ihr entgegen, und sie unterhielten sich kurz. Dann winkte Opa den Jungs zu, die immer noch oben am Fenster standen. Kurz darauf betrat er auch schon sein altes Elternhaus und war im Nu bei ihnen.

„Dann wollen wir mal", sagte Opa Peter und spuckte in die Hände.

Er zeigte, wo Ronny und Silas anfassen sollten, und stellte sich dann an seinen Platz.

„Zu…gleich!", kommandierte er, und sechs Hände hoben die schwere Badewanne an und schleppten sie schwer atmend in Richtung Fenster. Ächzend hievten sie das Vorderteil auf die Fensterbank und legten ihn auf den beiden Holzklötzen ab, die den Rahmen vor dem schweren Gewicht schützten. Sie verschnauften kurz.

„Aaaachtung! Wanne fällt!", brüllte Opa, ehe sie dem Ungetüm einen letzten Stoß gaben.

Mit einem lauten Knall traf der keramikbeschichtete Metallkorpus auf den Schutt in dem Container und zersprang in mehrere große Stücke. Genau in diesem Moment kam Paul Schmickler aus seiner Kanzlei. Opas Warnung war wohl an seinem Ohr vorbei gegangen. Er wandte nicht einmal den Kopf, als die Wanne neben ihm zu Bruch ging. Opa schüttelte den Kopf.

„Da ist wohl jemand sehr in Gedanken versunken", meinte er. „Danke, Jungs. Dann springt ihr jetzt auch unter die Dusche, und ab geht's zum Essen."

Das ließ Silas sich nicht zweimal sagen. Rasch schloss er die beiden Fensterflügel und folgte Opa die Treppe herunter.

„Warum klingelst du viermal?", fragte Rahel Werner, anstatt ihn zu begrüßen.

Papa war gerade in Opas Arbeitszimmer verschwunden. Er hatte Werner zum Essen eingeladen, aber offenbar die Klingel nicht gehört. Der Pastor kratzte sich verlegen am Kopf.

„Äh … das hatte ich mit deiner Mutter das letzte Mal so ausgemacht. Falls sie wieder übt und die Klingel überhört."

„Ach so. Nein, Mama steht unter der Dusche, da übt sie normalerweise nicht. Im Moment sind aber genug Leute da, die hier die Tür aufmachen können. Das reinste Irrenhaus", brüllte Rahel.

Caruso bellte gerade wie verrückt. Er mochte die Klingel nicht, wenn sie mehr als einmal ging. Vielleicht versetzte ihn das in Alarmstimmung.

„Das Essen ist noch nicht fertig. Soll ich Papa Bescheid sagen, dass du da bist?"

„Nur, wenn ich ihn nicht störe. Ich bin wieder einmal zu früh und kann dir auch gerne beim Tischdecken helfen."

Rahel wusste nicht so recht. Papa hatte ziemlich konzentriert ausgesehen. Sie war sich nicht sicher, ob er mitbekommen würde, was sie ihm sagte. Werner deutete ihr Zögern als Nein. Caruso war endlich still und kam schwanzwedelnd auf den Pastor zu. Der tätschelte dem schwarzen Riesenschnauzer den Kopf.

„Ist wirklich kein Problem, ich kann einen Tisch decken", scherzte er. „Wasche mir nur eben die Hände. Ich weiß ja, wo das Gäste-WC ist."

Rahel nickte und ging hinüber ins Esszimmer, um schon mal das Geschirr aus dem Schrank zu holen. Doch als sie die Servietten sah, die Mama frisch gewaschen und auf den Tisch gelegt hatte, musste sie plötzlich wieder an Sophia denken und die blütenweiße Serviette, die sie um ihr Eis gelegt hatte. Gedankenversunken starrte sie auf die gefalteten Stoffstücke und erschrak, als Werner sie ansprach.

„Übermorgen dürft ihr wieder zur Schule?", fragte er.

Rahel fuhr herum und starrte ihn an.

„Entschuldige, ich wollte dich nicht erschrecken", sagte Werner schnell und sah sie seltsam an. „Hast du an Sophia gedacht?", fragte er leise.

Er wusste seit gestern Abend über die Entführung Bescheid. Ihre Eltern fanden, es sei wichtig, in so einer Situation einen Seelsorger zur Unterstützung zu haben. Natürlich war er zum Stillschweigen verpflichtet, und irgendwie sah er auch so aus, als könnte er ein Geheimnis für sich behalten.

„Ja", gab Rahel also zu.

„Du machst dir Sorgen."

Das war eine Feststellung, keine Frage. Rahel nickte. Ein Kloß saß in ihrer Kehle. Sie würgte ihn herunter.

„Ich hätte sie nicht alleine lassen sollen", sagte sie und schluckte noch einmal.

Dieser fiese Kloß hatte wohl Arme und Beine und war wieder nach oben geklettert.

„Rahel, das ist Unfug", sagte der Pastor jetzt bestimmt. „Du konntest das nicht wissen."

„Doch, ich wusste, dass jemand hinter ihr her war", widersprach das Mädchen. „Sie hat es mir auf dem Gemeindeausflug erzählt. Und der Handwerker war viel zu sauber, um ein echter Handwerker zu sein."

„Selbst wenn Sophia sich dir anvertraut hatte – kein Mensch kann einen anderen immer beschützen, hast du gehört, Rahel?", fragte Werner fast wie Onkel Anton. „Das erwartet niemand von dir. Auch Sophia nicht. Dazu müsstest du nämlich Gott sein."

Das Mädchen versuchte zu lächeln.

„Also, wenn du möchtest, bete ich mit dir für Sophia", bot Werner an. „Jetzt sofort. Das ist im Moment das Einzige, was wir tun können."

Rahel schüttelte den Kopf und kniff die Lippen zusammen.

„Okay", sagte Werner. „Wo ist das Geschirr? Dann lass uns loslegen. Es ist nämlich gut, wenn man etwas zu tun hat. Das hilft gegen zu viel Grübelei."

Rahel gehorchte und holte Geschirr, Gläser und Besteck für acht Personen aus dem Schrank. Werner verteilte alles auf dem Tisch und legte auf jeden Teller eine Serviette. Nachdem Rahel auch noch die Spülmaschine ausgeräumt hatte, obwohl das Onkel Antons Aufgabe war, füllte sie Wasser und Saft in zwei Glaskaraffen. Erst als nichts mehr zu tun war, setzte sie sich auf das Sofa, und Werner nahm ihr gegenüber im Sessel Platz. Er sagte nichts und schlug auch nicht noch einmal ein Gebet vor. Rahel selbst war es, die wieder auf Sophia zu sprechen kam.

„Es tut mir leid, dass ich ihre Frage nicht beantworten konnte", sagte sie plötzlich.

Werner wusste, wen Rahel meinte, und unterbrach sie nicht. Er sah sie nur aufmerksam an und wartete darauf, dass Rahel erklärte, um welche Frage es ging.

„Sie … sie hat mich gefragt, was der Unterschied zwischen ihrem, also dem katholischen, und meinem Glauben ist. Aber wenn ich ehrlich bin, weiß ich es nicht", gab Rahel zu.

„Oh", meinte Werner, denn das Mädchen schwieg. „Nun, jedenfalls denke ich, man sollte seinen eigenen Glauben kennenlernen, bevor man ihn aufgibt."

Dieser Werner musste hellseherische Fähigkeiten haben! Woher wusste er, was in ihr vorging? Dass sie in der letzten Zeit daran zweifelte, ob das, was ihre Eltern ihr über Gott und die Bibel erzählt hatten, eigentlich die Wahrheit war?

„Ich dachte, ich kenne ihn von klein auf. Aber das scheint nicht der Fall zu sein", gab sie zu.

Werner sagte immer noch nichts.

„Ich … es bringt mir nicht so viel wie offensichtlich Silas oder … dir … Ich fühle mich fremd in der eigenen Familie, obwohl ich alles mitmache, wie Gottesdienst und so …"

Rahel stockte wieder und sah zu Werner. Der lächelte und sagte endlich etwas.

„Das liegt daran, dass nur kennen und mitmachen nicht reicht", meinte der Pastor. „Du musst selbst glauben."

Glauben? Was hieß schon glauben, und was sollte sie glauben? Doch ehe sie ihm diese Frage stellen konnte, kam Mama ins Wohnzimmer und begrüßte den Pastor freundlich. Dann rief sie laut nach ihrem Mann, der auch tatsächlich erschien. Als ihre Mutter in die Küche ging, stand Rahel auf, um ihr beim Kochen zu helfen. Wie hatte Werner gesagt? Es half gegen zu viel Grübelei, wenn man etwas zu tun hatte …

EIN ABENDESSEN

Sophia überlegte, was sie noch tun konnte, um freizukommen und vielleicht sogar zu fliehen. Sollte sie abwarten, bis man sich um sie kümmerte, oder besser sofort die Initiative ergreifen? Sie lauschte angestrengt, konnte aber draußen nicht das geringste Geräusch vernehmen. Der Schallschutz verhinderte nicht nur, dass ihre Schreie draußen gehört wurden, sondern auch, dass Gespräche zu ihr hereindrangen. Sollte sie versuchen, den grauen Schaumstoff abzureißen, oder würden ihre Entführer sie bestrafen, wenn sie sie dabei ertappten? Wäre es schlauer, brav zu sein und sich an die Regeln zu halten, damit sie weniger Aufmerksamkeit auf sich lenkte? Matthias hätte sicher zu Letzterem geraten.

Sophia beschloss, zuerst noch mehr Informationen zu sammeln. Sie zog den Rucksack zu sich und ließ das Pick-Set hineinplumpsen. Dann stand sie auf und schaute in das Schlüsselloch der Badezimmertür. Aber sie konnte nicht sehen, was auf der anderen Seite der Tür war. Vermutlich hatten sie selbst hier von außen Dämmmaterial angebracht. Sie rüttelte an der Tür und rief etwas, damit ihr Bewacher, der vielleicht im Zimmer dahinter war, reagieren konnte. Es dauerte nicht lange, da trat jemand an die Tür. Im Schlüsselloch wurde es hell.

„Na, aufgewacht?“, fragte eine Frauenstimme auf der anderen Seite. „Wie geht es dir?“

Sophia wusste nicht, was sie dazu sagen sollte. Wie sollte es ihr schon gehen, wenn sie hier eingesperrt war und nicht wusste, von wem? Sie entschloss sich zu einer Gegenfrage.

„Wer sind Sie und was wollen Sie von mir?“, fragte sie, denn durch das Schlüsselloch ließ sich nichts erkennen.

„Dein Kopf scheint ja gut zu funktionieren. Prima!“, freute sich die Frau. Sie klang fast ein bisschen freundlich. „Im Moment wollen wir nur, dass du dich ruhig verhältst. Dann wird es dir gut gehen und du brauchst keine Angst zu haben. Wir geben dir alles, was du brauchst, und lassen dich laufen, sobald wir unser Geld haben.“

„Sie meinen Papas Geld!“, empörte sich Sophia.

Seltsamerweise fühlte sie immer noch keine Angst.

„Wir sorgen nur für eine gerechtere Verteilung“, behauptete die Frau. Die Freundlichkeit war aus ihrer Stimme verschwunden. „Das bisschen tut deinem feinen Papa nicht weh ... Wir nehmen nur, was uns zusteht.“

„Wer sind Sie?“, fragte Sophia noch einmal. „Wir haben Ihnen doch gar nichts getan.“

Sie bekam keine Antwort. Stattdessen öffnete sich die Tür, und ein Mann stand plötzlich vor ihr. Sophia erkannte den falschen Handwerker sofort. Er hatte eine Styroporschachtel in der Hand und zog die Tür schnell hinter sich zu. Von außen wurde wieder abgeschlossen.

„Dein Abendbrot“, sagte der Mann knapp und stellte die Box auf dem Boden vor ihr ab. Ein Hauch von warmem Reis, Kokosöl, Knoblauch und Kurkuma wehte ihr in die Nase. Sophia starrte den Mann mit zusammengekniffenen Lippen an. Sie zitterte, und ihre Zähne schlugen leicht aufeinander. Aber nicht vor Angst, sondern vor Empörung. Der Typ hatte sie schon einmal hereingelegt. Was, wenn das Essen vergiftet war?!

„Keine Sorge, das Essen ist okay. Schmeckt sogar ganz gut“, erklärte er, als hätte er gehört, was sie gedacht hatte. „Gabel ist drin.“

„Wie soll ich damit essen?“, fragte sie und hielt ihre gefesselten Hände in die Höhe.

Stumm nahm der Mann einen kleinen Schlüssel aus der Hosentasche und steckte ihn in das Schlüsselloch des rechten Metallrings. Er öffnete die Fessel und ließ den Schlüssel wieder verschwinden.

„Setzt dich“, befahl er und schubste Sophia in Richtung Toilettensitz.

Sie ließ sich auf den Deckel gleiten, und ehe sie sich versah, hatte der Entführer den freien Metallring der Handfessel an dem Haltegriff befestigt, der neben der Toilette angebracht war. Normalerweise half er älteren oder körperbehinderten Menschen beim Aufstehen. Das Mädchen hinderte er jetzt leider daran. Doch anstatt sich darüber zu ärgern, freute sich Sophia, dass sie mit der freien Hand viel besser den Dietrich würde bedienen können. Auch der Rucksack lag immer noch nah genug, um ihn zu erreichen. Die Tür öffnete sich erneut. Doch bevor der Mann das kleine Gefängnis wieder verließ, schob er das Abendbrot noch mit dem Fuß in Sophias Richtung.

Ehe sich die Tür hinter ihrem Feind schloss, gelang dem Mädchen ein kurzer Blick in die dämmrige Welt da draußen. Sophia registrierte ein breites Bett, in dem sicherlich zwei Personen Platz hatten. Dunkle Vorhänge, die bis zum Boden gingen, verdeckten ein Fenster und ließen kaum noch Licht hinein. Es musste wirklich Abendbrotzeit sein. Vor dem Bett standen ein Schreibtisch und ein seltsames Gefährt, das an einen Rollstuhl erinnerte. Alles zusammen ergab trotz Rollstuhl ein Hotelzimmer. Ein Hotel! Sie war in einem Hotel! In einem Hotel gab es Gäste und Telefone! Also mussten hier auch Menschen sein, die ihr helfen konnten, und ein Telefon, mit dem sie telefonieren konnte, wenn sie unbemerkt in seine Nähe kam.

Sophia schaute auf ihre Armbanduhr. Es war nach 19 Uhr. Obwohl sie die Banane gegessen hatte, meldete sich ihr Magen. Widerwillig nahm sie die Styroporbox auf den Schoß und öffnete den einfachen Verschluss. Das sah wirklich lecker aus! Reis mit Hühnchen ließ ihr das Wasser im Mund zusammenlaufen. Wenn da K.-o.-Tropfen oder so drin waren, würde sie von der Toilette fallen. Aber die Entführer würden es nicht riskieren wollen, dass sie sich verletzte, oder? Entschlossen schob sie die Gabel in das Essen und probierte. Wirklich gut! Widerstrebend schloss Sophia den Deckel und wartete fünf Minuten ab. Nichts. Ihr wurde weder schlecht, noch fühlte sie sich schläfrig oder müde. Das Essen schien wirklich in Ordnung zu sein. Zufrieden leerte das Mädchen die ganze Schachtel und stellte sie zurück auf den Boden.

Dann angelte Sophia mit dem Fuß nach ihrem Rucksack und nahm das Pick-Set heraus. Während sie mit einem Auge die Tür im Blick behielt, stocherte sie mit einem dünnen und vorne gebogenen Stahlstift in dem winzigen Schlüsselloch der Handfessel herum, die noch an ihrem linken Handgelenk war. Als sie auf einen kleinen Widerstand stieß, drückte sie darauf. Sie rutschte ab und zog den Pick aus dem Loch heraus. Zum Glück hatte sie genügend Licht hier im Bad und konnte in das Schlüsselloch hineinsehen. Aha! An der Stelle, an der sie den Widerstand gespürt hatte, saß ein kleiner Balken. Noch einmal setzte Sophia das Werkzeug an und drückte den Balken herunter. Wie von Zauberhand bewegt öffnete sich die Handfessel. Am liebsten hätte das Mädchen laut gejubelt. Stattdessen drückte sie aber den Stahlring noch einmal zu und öffnete ihn erneut. Diesmal ging es schon schneller.

Nach der dritten Wiederholung steckte sie das Pick-Set zurück in den Rucksack und fesselte sich selbst wieder an den

Haltegriff. Falls einer ihrer Gefängniswärter hineinsah, würde er keinen Verdacht schöpfen. Dann trank sie noch etwas und stellte den Wecker an ihrer Armbanduhr auf zwei Uhr nachts. Für diese Zeit rechnete sie sich die größten Chancen für ihren Fluchtversuch aus. Sie war sich sicher, dass auch die Entführer einmal schlafen mussten. Da sie hier eingeschlossen war, gab es keinen logischen Grund für sie, draußen auch noch Wache zu halten. Sophia ließ sich vorsichtig zu Boden gleiten. Ihr linker Arm hing jetzt zwar in der Luft, trotzdem saß sie so etwas bequemer. Wenn sie sich an die Wand lehnte und ihren Rucksack als Kopfkissen benutzte, konnte sie sogar versuchen zu schlafen.

„So… Sophia is nich da“, posaunte Onkel Anton, als er von seiner Erkundungstour zurückkehrte. „U… und d… das Auto auch nich!“

Die Haustür schlug zu. Opa Peter ging in den Flur.

„So, so! Hast du denn danach gesucht?“, fragte er und sah seinem Sohn aufmerksam ins Gesicht.

„Ja“, sagte Onkel Anton, wurde aber schlagartig leiser. Er begriff instinktiv, dass sein Vater nicht begeistert von der Mitteilung war. „Ha… hat Silas gesagt“, schob er die Verantwortung an seinen Neffen weiter.

„Und du machst alles, was Silas sagt?“

„N… nee, nee“, machte Onkel Anton und grinste verlegen. „A… alles nich.“

Dann verstummte er. Sein Vater sah ihm zu, wie er die Schuhe auszog, und öffnete ihm die Tür zum Gäste-WC, damit er sich dort die Hände waschen konnte. Es war Abendbrotzeit, und Werner war immer noch da.

„Wo warst du denn überall?“, fragte Herr Schmickler nach.

„I… in Bad Neuenbrehl, Brehlweiler … Brehlau, A… Altenbrehl u…und Brehlbrück“, zählte sein Sohn bereitwillig auf. Er benutzte die Finger, um die Städte abzuzählen. „I… In Brehlbrück war ich."

„So, so", machte Opa noch einmal. „So weit!"

Als er zusammen mit Anton ins Wohnzimmer kam, trat er an Ronny und Silas heran.

„Habt ihr ihn losgeschickt, nach Sophia zu suchen?", fragte er leise und wie nebenbei.

Die Detektive wurden rot.

„Also, eigentlich haben wir nur gedacht, er kann ja die Augen für uns offen halten", gab Silas zu. „Also, ob er den Transit irgendwo sieht. War das falsch?"

„Nicht unbedingt", meinte Opa. „Trotzdem wüsste ich gerne Bescheid. Anton ist ja von Natur aus vorsichtig, aber ich möchte nicht, dass er sich verfährt oder in Panik gerät."

„In Ordnung", sagte Silas. „Tut mir leid, Opa. Wir haben das nicht böse gemeint."

„Nein, ich weiß, aber mit solchen Leuten ist nicht zu spaßen, das wisst ihr ja sicher noch."

Silas und Ronny nickten ernst und dachten an die unangenehmen Stunden, die sie in der Gewalt des Drogenhändlers zugebracht hatten.

Aber als alle um den Abendbrottisch herum saßen, herrschte fast wieder so etwas wie eine ausgelassene Stimmung. Es wurde sogar gelacht. Zum ersten Mal seit vorgestern. Erst beim Nachtisch kam die Rede wieder auf Sophia und ihre Eltern.

„D… die war abgetaucht", sagte Onkel Anton, als alle anderen kurz still waren.

„Wie: abgetaucht?", fragte Ronny.

„D… die war jemand anders", erklärte Anton und hob wieder den rechten Zeigefinger.

Offensichtlich sprach auch er von Sophia, die sie bis gestern noch für Estelle gehalten hatten. Opa guckte ernst.

„Was für ein Leichtsinn“, meinte er nachdenklich.

„Warum?“, fragte Mama und stand auf, um die Teller abzuräumen.

„Danke, Liebling“, sagte Papa, und Opa lehnte sich bequem zurück.

„Nun, es allein zu versuchen, sein Kind zu verstecken. Es ist nicht so einfach, seine Identität zu wechseln. Dafür braucht man eigentlich professionelle Hilfe. Wir hinterlassen alle zu viele Spuren“, erklärte Opa. „Die gründlich zu verwischen, das schaffen nur Profis.“

„Gibt es das denn in echt, Herr Schmickler? Dass einer sozusagen ein komplett neues Leben bekommt?“, fragte Ronny neugierig.

„Aber sicher“, sagte Papa energisch. Er fühlte sich von Ronny angesprochen, obwohl dieser Opa Schmickler gemeint hatte.

„Wenn ein Mensch Buße tut, also umkehrt zu Gott. Dann bekommt er ein neues Herz und ein neues Leben. Der Körper bleibt schon derselbe, aber er bekommt ein geistliches Herz, und sein geistliches Leben beginnt. Das Alte ist vergangen, und alles wird neu“, erklärte Papa.

Werner lächelte zufrieden, aber Ronny sah verwirrt zwischen Herrn Schmickler Senior und Junior hin und her. Opa lachte.

„Das hat der Junge nicht gemeint, Paul!“

„Nicht? Ich dachte, es ginge um ein neues Leben“, sagte Papa. „Oder habt ihr über etwas anderes gesprochen?“

Jetzt war er verwirrt. Mama kam zurück aus der Küche und legte ihm eine Hand auf die Schulter.

„Ach, Liebling, es ging darum, seine bürgerliche Identität zu wechseln und unter einem fremden Namen zu leben, das habe ich sogar in der Küche mitbekommen.“

„Oh, das ist nicht so einfach“, sagte Papa.

„Ja, das hatten wir auch gerade festgestellt, Paul", schmunzelte Opa.

Mama stellte einen Espresso vor Papa ab und gab ihm einen Kuss auf die Wange.

„Möchte noch jemand einen?", fragte sie in die Runde.

Werner hob die Hand.

„Ja, ich, bitte", sagte auch Opa. „Hannah, du verwöhnst mich."

„Das tue ich gerne, Paps", sagte Mama warm.

„Also, um auf Ronnys Frage zurückzukommen. Ja, das gibt es, dass jemand in echt ein komplett neues Leben bekommt. Aber das schafft er nicht allein, sondern er braucht Experten wie Schuldnerberater, Sozialarbeiter, Psychologen, Jobvermittler und Leute, die neue Legenden erfinden."

„Was für Legenden?", fragte Rahel.

„Eine sogenannte Legende ist eine neue Biografie, also ein fiktiver Lebenslauf, ein ausgedachtes Leben, das die Betroffenen angeblich bisher geführt haben. Dabei arbeitet man natürlich mit den gefährdeten Zeugen zusammen. Nicht jeder hatte ja Schauspielunterricht wie eure Mama!"

Opa lächelte seine Schwiegertochter kurz an. Hannah schmunzelte.

„Das heißt, sie können nicht jede Rolle spielen, sondern die Legende muss schon so zu ihnen passen, dass sie das neue Leben authentisch und glaubhaft leben können. Geburtsort, Schule, Ausbildung, Heirat ... alles wird erfunden und natürlich mit neuen, extra angefertigten Dokumenten belegt", erklärte Opa.

„Cool", meinte Silas. „Gefälschte Papiere!"

„Nein, Silas, es sind echte Papiere. Sie sind wirklich von den Behörden ausgestellt und gültig. Also, mit so einem neuen Führerschein darf man dann tatsächlich legal Auto fahren."

„Hammer!"

„Oft kommen solche Leute aus einem kriminellen Milieu, sie sind wichtige Zeugen in großen Strafprozessen und brauchen ein neues Leben außerhalb der Kriminalität. Dazu gehören auch ein Beruf, mit dem sie ihren Lebensunterhalt verdienen können, und bei Problemen ein Ansprechpartner beim Zeugenschutz, der immer erreichbar ist. Es darf ja niemand in dem neuen Umfeld Verdacht schöpfen", erklärte Opa weiter. „Es ist ein Riesenaufwand, und nicht jeder verkraftet es, wenn er alle alten Kontakte abbrechen muss. Aber nur so kann es funktionieren."

„Gut, dass du einen Espresso bestellt hast, Werner. Du siehst blass aus. War ein langer Tag, nicht?"

Mama stellte eine winzige Tasse vor dem Pastor ab. Dann reichte sie Opa auch eine.

„Danke", sagte Werner leise mit rauer Stimme.

„Und genau das hat auch hier die Probleme verursacht", fuhr Opa fort. „Sophia behielt Kontakt zu ihren Eltern. So war sie leicht ausfindig zu machen."

„So etwas nennt man Zeugenschutzprogramm", erklärte Papa. „Ja, da kennt Opa sich aus!"

„Du musst wissen, Ronny, mein Schwiegervater hat auch mal Personenschutz gemacht", erklärte Mama.

„J… ja! D… der ha... hat mal d... den Justizminister beschützt", warf Anton aufgeregt ein. „D… den von Rheinland-Pfalz!"

„Wirklich?!", fragte Werner.

Der Espresso schien ihm gut zu bekommen. Sein Gesicht war wieder rosig.

„Boah, cool!", meinte Ronny. „So krass mit Waffe und so?"

Opa lachte und winkte ab.

„Ja, aber es war nicht ganz so spektakulär, und es ist lange her."

Er schlürfte an seinem Kaffee. Onkel Anton hob die Hand.

„I… ich nehm auch einen!", bestellte er und meinte den Espresso.

„Kommt sofort", sagte Mama gutmütig.

Nur Rahel sagte die ganze Zeit nichts. Jetzt hätte sie gerne für Sophia gebetet. Aber ihr fielen keine Worte ein. Da war nur ein flaues Gefühl im Magen. Hoffentlich hatte ihre Freundin es bequemer als sie in Marcos Kofferraum. Wenigstens konnte sie Schlösser knacken.

„Wer kann Schlösser knacken?", fragte Papa.

Rahel schrak aus ihren Gedanken auf. Hatte sie laut gedacht?! So wie sie alle anstarrten, musste das wohl der Fall gewesen sein.

„Äh ...", machte sie.

„Rahel kann Schlösser knacken, und sie hat es Sophia auf dem Gemeindeausflug beigebracht", gab Silas einmal vor seiner Schwester die Antwort. Es war eine kleine Revanche für ihre vorlauten Sprüche.

„Das sind ja seltsame Fähigkeiten, die man auf einem Gemeindeausflug erwirbt", meinte Papa. „Komisch, dass ich das da nicht lerne. Und wer hat dir das beigebracht, Rahel?"

Rahel guckte automatisch zu Werner, und der begriff sofort, was jetzt alle denken würden.

„Oh, nein!", sagte er rasch und hob abwehrend die Hände. „Ganz so war es nicht!"

Opa guckte Werner komisch an, sagte aber nichts.

„Nein, ich habe es mir selbst beigebracht. Mit Übungsschlössern und einem Pick-Set, das ich mir im Internet bestellt habe. Noch einmal wollte ich nicht irgendwo feststecken", gab Rahel zu.

„Das ist eine ausgezeichnete Bewältigungstherapie", lobte Werner etwas zu begeistert. „Findet ihr nicht auch?"

Mama guckte trotzdem besorgt.

„Ja, das scheint mir logisch“, meinte Papa. „Trotzdem sprechen wir noch darüber, wie du da rangekommen bist, Rahel. Aber nicht mehr heute Abend.“

AUF DER FLUCHT

Sophia starrte auf ihre Armbanduhr, die sie gerade zuverlässig mit einem penetranten Piepsen geweckt hatte. Mittwoch 2:00 Uhr. Wieso Mittwoch? War sie nicht an einem Montag entführt worden? Wo war der Dienstag geblieben? Hatte sie den komplett verschlafen? Sie sah in ihre Armbeuge. Außer Pflasterspuren war nichts mehr zu sehen. Außerdem saß sie immer noch so unbequem, wie sie eingeschlafen war. Nein, sie glaubte nicht, dass seit dem Abendbrot jemand bei ihr gewesen war. Also musste vorhin schon Dienstag gewesen sein. Sie hatte den Montag verschlafen. War vielleicht auch besser so. Sophia öffnete die Handfessel auf bewährte Weise, dann trank sie ihre Flasche leer und aß ihr Butterbrot auf. Sie sah auf die Toilette und lächelte. Was für ein Service! Nur auf das Abspülen würde sie verzichten, das machte zu viel Krach. Schalldämmung hin oder her.

Kurze Zeit später versuchte sie sich an dem Schlüsselloch der Badezimmertür. Es war ein paar Nummern größer als das der Handschellen. Sophia sah hinein. Es war immer noch dunkel, aber immerhin steckte kein Schlüssel von außen, weil das Dämmmaterial hineingestopft war. So ließ sich der Riegel einfacher bewegen, und sie würde draußen keinen Krach machen, indem sie erst den richtigen Schlüssel aus dem Schloss stieß. Entschlossen steckte das Mädchen den dicksten und gebogenen Pick in das Loch. Das platte, vordere Ende zeigte schräg nach links, anders bekam sie den Metallstab nicht hinein. So wie mit einem normalen Schlüssel, mit dem Bart nach unten, klappte es nicht. Sie tastete vorsichtig nach etwas, wo sie ansetzen konnte, um den Balken, der von der Tür in den Rahmen ging, zurückziehen zu können. Dazu drehte sie das gebogene Ende einmal im Uhrzeigersinn in dem Loch herum. Erst bei der dritten Umdrehung stieß sie oben, so auf 11 Uhr, auf etwas, in das sie ihren Dietrich einhaken konnte.

Sie schwitzte schon. Aufgeregt wischte sie sich die feuchten Hände an ihrer Hose trocken und flehte Gott um Hilfe an, bevor sie den Dietrich kräftig herumdrehte. Es klappte! Mit angehaltenem Atem zog sie den Balken zurück in das Türblatt. Alles hatte nur eine gute Minute gedauert. Das erste Hindernis auf dem Weg in ihre Freiheit war erfolgreich beseitigt. Doch was würde sie hinter dieser Tür erwarten?

Erst setzte Sophia ihren Rucksack auf, dann löschte sie das Licht im Bad und gab ihren Augen Zeit, sich an die Dunkelheit zu gewöhnen. Danach drückte sie im Zeitlupentempo auf die Klinke. Geräuschlos bewegte sie sich nach unten. Das Schloss war offenbar gut geölt, was für das Hotel sprach. Das Mädchen hielt die Luft an und öffnete die Tür einen Spaltbreit. Draußen brannte kein Licht, nicht einmal eine Nachttischlampe. Trotzdem war es noch heller als in ihrem stockfinsteren Badezimmer, denn durch die Vorhänge drang der Schein der Straßenlaternen. In dem Doppelbett konnte sie die Umrisse von zwei Gestalten erkennen. Die Bettdecken hoben und senkten sich gleichmäßig. Der falsche Handwerker und die Frau mit der Spritze hatten hoffentlich einen guten Schlaf. Aber sie würde es trotzdem nicht riskieren, das Telefon zu benutzen. Auch ein Flüstern könnte die beiden wecken.

Das Mädchen öffnete die Tür gerade so weit, dass es mit dem Rucksack hindurchschlüpfen konnte. Zum Glück quietschte nichts, und die Tür schrappte auch nicht über die Fliesen. Auf Zehenspitzen und mit offenem Mund schlich sich Sophia Schritt für Schritt an den Schlafenden vorbei. Der weiche Teppichboden dämpfte jedes Geräusch ihrer Schuhe auf dem Weg zur Zimmertür. Von innen konnte man die zum Glück auch ohne die dazugehörige Karte öffnen. Hier würde kein weiterer Dietrich nötig sein.

Plötzlich schlug draußen dumpf eine Kirchturmuhr. Sophia zuckte zusammen. Nach der langen Stille in dem gedämmten Bad kam ihr schon dieser eine Schlag, der die Viertelstunde verkündete, so laut wie ein Silvesterknaller vor! Der größere Mensch in dem Bett bewegte sich unruhig. Sophia erstarrte zur Salzsäule. Wieder hielt sie die Luft an und fragte sich, wie lange sie das wohl durchhalten würde. Die Gestalt grunzte und drehte sich um. Ihr Gesicht zeigte nun zur Tür, und Sophia konnte sehen, dass es wirklich der Handwerker war. Seine Schnurrbarthaare vibrierten, aber seine Augen waren geschlossen.

Erleichtert wartete sie noch ein paar Sekunden, erst dann wagte sie es, langsam wieder auszuatmen. Sophia schlich weiter auf die Zimmertür zu. Als sie ihr Ziel erreicht hatte, verschnaufte sie, bevor sie an die Klinke fasste. Sie wusste, dass sich mit dem Herunterdrücken des Griffes automatisch die elektronische Verriegelung des Schlosses öffnen würde. Leider würde sie dabei das typische Geräusch von sich geben. Sie musste darauf gefasst sein, dass es das Entführer-Pärchen aufwecken könnte. In diesem Fall musste sie sofort losrennen und laut schreien, um ihre Chance zu nutzen. Ihr war klar, dass es keine zweite geben würde und dass sie höchstwahrscheinlich scheitern würde, wenn da draußen auf dem Gang noch eine dritte Person Wache hielt. Aber das alles musste sie in Kauf nehmen. Wenigstens hatte sie es versucht. Sophia streckte die rechte Hand aus und berührte den Metallgriff. Er war kalt. Jetzt oder nie! Entschlossen drückte sie die Klinke nach unten.

Rahel schreckte aus dem Schlaf hoch. Mit weit aufgerissenen Augen und klopfendem Herzen starrte sie in die Nacht. Die Gardinen wehten ins Zimmer, weil sie gestern wegen der Hitze die Fenster offen gelassen hatte. Die Fensterläden klapperten, und von draußen hörte sie dunkles Donnergrollen. Sie rieb sich die Augen, stand langsam auf und trat ans Fenster. Es war deutlich kühler geworden. Kein Stern war am Himmel zu sehen, stattdessen zerriss ein Blitz die Nacht und tauchte kurz alles in Grau. Sie konnte sehen, wie der Wind schwarze Wolken vor sich hertrieb, träge und so voll Wasser, dass sie es kaum noch halten konnten. Gleich würde es zu schütten anfangen.

Rahel ließ sich den Wind ins Gesicht wehen und dachte an Sophia. War sie wenigstens gut untergebracht? Im Trockenen? Oder regnete es in ihr Gefängnis hinein? Konnte sie die Blitze sehen, die über den Himmel zuckten? Gut, dass sie diesen Glauben an Gott hatte, so würde sie sich hoffentlich nicht so allein fühlen. Es donnerte lauter, und das Gewitter kam näher. Rahel fröstelte. Sie schloss die Fensterflügel und zog die Gardine fast ganz zu. Durch den schmalen noch verbliebenen Spalt beobachtete sie den einsetzenden Regen. Die dicken Tropfen platschten einzeln auf den Asphalt und färbten ihn noch dunkler. Als es richtig anfing zu regnen, ließ sie langsam den Rollladen herab und legte sich zurück ins Bett. An Schlaf war nicht zu denken, obwohl im Haus alles ruhig war.

Gestern nach dem Abendbrot, als Werner gegangen war, hatte noch zweimal das Telefon geklingelt. Erst hatte die Polizei mit Opa telefoniert. Sie hatte ihn darüber informiert, dass seit gestern Abend die Ringfahndung komplett aufgehoben war. Das bedeutete, dass die Kollegen endgültig davon ausgingen, dass sich die Entführer nicht mehr in der Nähe aufhielten. Sophias Freunde würden sich ab Donnerstag wieder ganz normal bewegen können. Erwischt hatte man die Täter leider noch nicht. Obwohl, dachte Rahel, wahrscheinlich würde die Polizei ihnen das kaum verraten. Wenn sie wussten, wo Sophia gefangen gehalten wurde, würden sie es bestimmt nicht Familie Schmickler auf die Nase binden.

Dann hatte Sophias Mutter angerufen und mit ihr sprechen wollen. Rahel hatte noch ihre Stimme im Ohr. Angenehm sanft, aber erkennbar angespannt. Sie hatte sich bedankt, dass sie ihrer Tochter in der neuen Schule von Anfang an eine Freundin gewesen war. Sophia musste viel von ihr und von den Bemerkungen der anderen Schüler und Schülerinnen erzählt haben. Die Mutter war gut informiert. Rahel hatte gar nicht gewusst, was sie sagen sollte. Es war ihr irgendwie normal erschienen, dass sie zu Sophia hielt. Tussis wie Nora und Viola hatte sie noch nie gemocht. Aber Frau Mombauer meinte, es sei ganz und gar nicht so selbstverständlich, dass jemand den Mund aufmachte und anderen half, sich zu wehren.

Dann hatte sie noch nach ein paar Kleinigkeiten gefragt, die Rahel aber alle schon der Polizei gesagt hatte. Was Sophia an dem Montag angehabt hatte zum Beispiel und welchen Rucksack sie getragen hatte. Rahels Erinnerung stimmte in beiden Fällen mit der von Frau Mombauer überein. In solchen Kleinigkeiten war auf ihr Gehirn Verlass. Auch das Auto konnte sie Sophias Mutter noch einmal genau beschreiben, obwohl es nur Silas aus der Nähe gesehen hatte. Er war sich sicher, dass die Fotos von Ronny aus dem Internet genauso aussahen wie der echte Transit. Nach ein paar Minuten hatte sie dann den Hörer an Mama weitergegeben und war mit Ronny und Silas ins Jungenzimmer verschwunden.

Onkel Anton war heute mit seinem Ellenator ganz schön weit herumgekommen. Nur Burgenach selbst hatte er nicht mehr geschafft. Es lag von Brehl aus in entgegengesetzter Richtung. Bad Neuenbrehl, Brehlweiler, Brehlau, Altenbrehl und Brehlbrück dagegen lagen alle hintereinander an dem kleinen Fluss. Das Tal wurde bis Neuenbrehl breiter und dann immer schmaler, sodass irgendwann nur noch die Brehl, die Eisenbahn und eine schmale Landstraße Platz hatten. Die felsige Landschaft, die Weinberge und die malerischen Fachwerkhäuschen lockten viele Touristen in ihre Gegend. Es gab eine ganze Menge Hotels im Brehltal. Allein in Altenbrehl lagen ganze sieben nebeneinander. Aber die meisten waren nicht besonders groß, sagte Onkel Anton. Sie hatten wohl kaum eine eigene Tiefgarage, in der sich ein Transporter verstecken ließe. So etwas gab es nur in Bad Neuenbrehl und Burgenach.

Ronny kannte vier Hotels in Burgenach. Das Hotel „Zum Anker" und das Hotel „Rheinblick" lagen fast am Rheinufer. „Die goldene Gans" und das Hotel „Barbarossa" befanden sich mehr Richtung Innenstadt. Wirklich gesehen hatte Rahel nur zwei. Sie seufzte und drehte sich auf die Seite. Vielleicht gelang Sophia ja die Flucht? In einem Hotel müsste sie doch leicht Hilfe finden können. Aber auch, wenn sie in einem Haus irgendwo gefangen gehalten wurde, würden bestimmt die Nachbarn eingreifen, wenn sie schreiend auf die Straße lief.

Ach, es war zum Verrücktwerden! Wahrscheinlich waren die Entführer längst sonst wo, vielleicht sogar im Ausland, und sie zerbrach sich ganz umsonst den Kopf. Stöhnend wälzte sich Rahel auf die andere Seite. Sie kniff die Augen zu und versuchte, Schäfchen zu zählen. Aber die Schafe, die sie vor sich sah, waren alle so schwarz wie die Gewitterwolken. *Ein schwarzes Schaf, zwei schwarze Schafe, drei schwarze Schafe!*, dachte Rahel. Auch als sie im vierstelligen Bereich angekommen war, hatte sie der ersehnte Schlaf immer noch nicht übermannt.

Plötzlich hörte sie die Stufen im Flur knarren. Jemand kam die Treppe herauf! Er musste schwerer sein als sie selbst, wenn die Treppenstufe so laut knarrte, und er wusste nicht, wo er hintreten musste, damit das Holz stumm blieb. Das konnte nur Papa sein! Und tatsächlich, als sich die Türklinke langsam nach unten bewegte und die Tür vorsichtig geöffnet wurde, schaute Papas Gesicht in ihr Zimmer. Er sah, dass sie wach war, und kam näher.

„Na, kannst du nicht schlafen?", fragte er leise und setzte sich in Omas Schaukelstuhl, der noch nicht wieder den Weg zurück ins Wohnzimmer gefunden hatte.

Rahel nickte stumm.

„Ich war noch in Opas Arbeitszimmer und habe dich hier oben herumgeistern hören", erklärte Papa.

„Was machst du denn da mitten in der Nacht?", fragte Rahel.

„Ich arbeite an meiner Liste. Opa hat die besseren Bücher."

Papa lächelte, als hätte er einen Witz gemacht. Rahel sah ihn fragend an.

„Liste?!"

Sie begriff, dass diese wichtige Liste Papa wohl in letzter Zeit so abwesend wirken ließ.

„Ja, an meiner Liste mit den Legaldefinitionen."

Rahel seufzte. Sie konnte Papa mal wieder nicht folgen. Sie kannte das Wort nicht. Doch diesmal merkte er es und versuchte, den Begriff auf einfache Art und Weise zu erklären.

„Ja, Legaldefinition ... Also, in unseren Gesetzen stehen ziemlich viele Fachwörter oder Begriffe, die eine besondere Bedeutung für uns Juristen haben. Oft ist es eine andere als im normalen Sprachgebrauch. Wenn man das Gesetz richtig anwenden will, muss man aber wissen, was der Gesetzgeber unter den Begriffen versteht, und nicht der Laie. Also, was der, der das Gesetz gemacht hat, damit gemeint hat. Verstehst du?"

„Hast du ein Beispiel?", fragte Rahel.

Sie hatte die Erklärung nicht wirklich verstanden. Papa nickte.

„Selbstverständlich: Zustimmung, Einwilligung und Genehmigung zum Beispiel sind solche Begriffe. Wenn man sie hört, klingt es erst einmal danach, als wenn alle drei Wörter dasselbe meinen, oder?"

„Ja", bestätigte Rahel, „danach, dass man mit etwas einverstanden ist."

„Genau. Aber denkst du, es macht einen Unterschied, ob man mit etwas einverstanden ist, bevor es passiert, oder ob man erst nachher seine Zustimmung dazu gibt?"

Rahel war sich nicht sicher, worauf Papa hinauswollte. Sie hatte nur das dumme Gefühl, es hätte etwas mir ihr zu tun.

„Jaha", meinte sie zögernd. „Wenn man vorher von etwas erfährt, hat man die Möglichkeit, schon nein zu sagen, bevor etwas passiert."

„Sehr richtig. Eins unserer wichtigsten Gesetze definiert Einwilligung als vorherige Zustimmung und Genehmigung als nachträgliche Zustimmung. Und wenn das Gesetz etwas definiert, dann nennt man es Legaldefinition, von lateinisch *lex, legis,* das Gesetz."

Rahel nickte wieder stumm. Papa sah sie ernst an.

„Das Ergebnis von Einwilligung und Genehmigung ist zwar dasselbe", sagte er, „also, es ist dann egal, ob ich vorher oder nachher zustimme. Hauptsache, ich stimme zu. Ich persönlich ziehe es aber vor, wenn meine Kinder meine Einwilligung für etwas einholen, das sie vorhaben. Kurz gesagt: Ich möchte gerne vorher gefragt werden."

Rahel wurde rot. Papa sprach von der Internetgeschichte! Mitten in der Nacht. Das wäre Mama bestimmt nicht eingefallen. Sie schlief nachts und wollte, dass auch ihre Kinder schliefen.

„Weißt du, wenn ich vorher davon weiß, kann ich dich besser vor einem Fehler beschützen. Das ist hinterher nicht mehr so einfach."

„Tut mir leid, Papa", sagte Rahel zerknirscht. „Ich frage nächstes Mal."

„Schön", sagte Papa. „Für uns ist es okay, wenn du dieses Ding, dieses Pick-Set, benutzt, um dich selbst zu befreien, aber es ist nicht okay, wenn du damit eine Straftat begehst. Das ist dir hoffentlich klar."

„So etwas würde ich doch nie tun!", sagte Rahel.

„Dann bin ich beruhigt. Dein Online-Konto werden wir aber gemeinsam wieder löschen. Denn dafür bist du nicht alt genug." Rahel nickte und senkte kurz den Kopf.

„Und was machst du da für eine Liste mit Legaldefinitionen, für die Opa die besseren Bücher hat?", fragte sie dann schnell, um das Thema zu wechseln.

Papas Augen begannen zu glänzen. Bereitwillig gab er Auskunft.

„Nun, mir ist eines Tages aufgefallen, dass auch in der Bibel, in Gottes Gesetz, ganz viele Legaldefinitionen vorkommen. Das sind Sätze, in denen uns Gott erklärt, was er mit bestimmten Begriffen meint. Das finde ich herrlich, denn dann muss man sich nicht selbst eine Bedeutung ausdenken, und es gibt keine Missverständnisse."

Rahel dachte plötzlich an das, was Werner gesagt hatte. *Glauben musst du selbst, Rahel.* Aber was hieß das?

„Gibt es auch eine Definition für Glauben?", fragte sie.

„Aber sicher", bestätigte Papa. „Der Glaube ist eine feste Zuversicht auf das, was man hofft, eine Überzeugung von

Tatsachen, die man nicht sieht. So steht es am Anfang des elften Kapitels des Hebräerbriefes. Und etwas später heißt es über Mose, dass er durch Glauben Ägypten verließ, und im zweiten Halbsatz desselben Verses wird erklärt, was das heißt: Denn er hielt sich an den Unsichtbaren, als sähe er ihn! Das ist eine wunderbare Definition von Glauben. Es gibt so viele Legaldefinitionen in der Bibel, dass man glatt ein Buch darüber schreiben könnte."

Papa begeisterte sich immer mehr. Er war ein Mann der Wörter und Buchstaben.

„Weißt du, Rahel, je mehr ich in der Bibel lese, desto schöner und größer wird sie. Die Zusammenhänge werden mir klarer, ich staune immer mehr über Gottes unendliche, abgrundtiefe Weisheit, seinen perfekten Plan zu unserer Erlösung, den er von Beginn an bis zu seinem bitteren Ende verfolgte. Es zieht sich wie ein roter Faden durch sein Wort, sein Gesetz. Seine Größe und Majestät, seine Allmacht und Souveränität, sie ließen keine andere Lösung zu, und alles baut so logisch aufeinander auf ..."

Rahel hörte nicht mehr zu. Das war ihr viel zu theoretisch, aber Papa, ja, der ging ganz darin auf, sogar nachts, wenn alle normalen Leute schliefen. Sie gähnte herzhaft. Papa hörte auf mit seinem Vortrag.

„Oh, Rahel, es tut mir leid", sagte er, und plötzlich lag Traurigkeit in seiner Stimme. „Ich weiß, ich rede viel zu kompliziert. Das wolltest du bestimmt nicht hören."

Rahel grinste schwach. Immerhin war es Papa diesmal von selbst aufgefallen! Ihr Vater stand auf und kam zu ihr. Langsam setzte er sich auf ihre Bettkante. Er sah sie liebevoll an und breitete die Arme aus. Rahel musste schlucken. Dann warf sie sich an seine Brust. Sie spürte, wie starke, warme Arme sie einhüllten wie eine Decke, und im Nu vergaß sie alle Sorgen. Papa drückte sie sanft und streichelte ihr über den Kopf. Sein

Hemd wurde nass von ihren Tränen. Nach einer Weile hörte Rahel seine tiefe Stimme ganz nah an ihrem Ohr.

„Besser?“, fragte Papa.

„Ja“, schniefte Rahel.

„Mein Schatz“, sagte Papa leise und hielt sie immer noch fest. „So wie ich dich festhalte, so hält mich Gott. Obwohl ich ihn nicht sehe, halte ich mich an ihn, als könnte ich ihn sehen, und als stünde er neben mir. Es ist meine feste Zuversicht, meine Überzeugung, dass er mein liebender Vater ist, der mich in seinem Arm hält und trägt. So habe ich ihn erkannt und so erkenne ich ihn in der Bibel. Aber …“

Papa stockte und drückte sie noch ein wenig fester. Rahel hielt den Atem an.

„… bevor wir Gott als Vater erkennen können, der nichts lieber möchte, als mit den Menschen barmherzig zu sein, davor müssen wir uns selbst erkennen. Unser Herz, so wie es ist.“

Papa küsste ihr Haar.

„Ich bete für dich“, flüsterte er.

ZIMMER NUMMER 306

Die Türklinke von Zimmer 306 bewegte sich nach unten. Aber draußen auf dem Gang war das nicht zu sehen, denn hier gab es nur einen runden Knauf, der fest angebracht war. Ein längliches rotes Schildchen baumelte daran. „Bitte nicht stören" stand darauf. Das Geräusch, das der Schließmechanismus von sich gab, war allerdings auf beiden Seiten der Tür zu hören. Es zeigte an, dass sie gleich geöffnet werden würde. Sophia hielt die Klinke fest in der linken Hand und sah über ihre Schulter zu dem großen Bett. Ihr Mund stand offen; sie bemühte sich, lautlos zu atmen. Hatten die beiden etwas gehört?! Diesmal bewegte sich die Frau. Sie grunzte nicht, aber ihre Hand griff nach der Bettdecke und zog daran. War sie wach? Oder fror sie nur im Schlaf? Nein, hier konnte man nicht frieren. Im Zimmer war es nicht kalt, sondern schwül. Sophia schwitzte nicht nur vor Aufregung. Das Fenster war geschlossen, trotzdem konnte sie draußen ein Donnern hören. Sie musste sich beeilen, bevor es lauter würde und ihre Bewacher doch noch aufweckte.

Das Mädchen drehte sich wieder zur Tür und zog sie leicht zu sich. Sofort fiel vom Flur schummriges Licht ins Zimmer.

Schnell machte sie die Tür weiter auf und trat auf den Gang hinaus. Niemand war zu sehen. Während sich ihre Augen bereits suchend nach dem Aufzug oder einem Treppenhaus umsahen, schloss ihre Hand die Tür hinter sich, aber nur fast. Sie lehnte sie nur an, um das Schließgeräusch zu vermeiden.

Sie war frei! Jedenfalls fast. Sophia sah nach links in einen langen Gang mit vielen Türen, aber er schien weit hinten zu enden, ohne dass er zum Treppenhaus oder einem Fahrstuhl führte. Sie wandte sich nach rechts. Hier gab es ein Fenster, und der Gang machte einen Knick. Sie huschte hinein, aber nach ein paar Schritten war er zu Ende. Es gab keine weiteren Türen, auch keinen Aufzug oder einen Notausgang. Also zurück und dann irgendwie nach unten, hinunter zum Empfang! Der lange Gang musste irgendwo einen Abzweig haben, der dorthin führte. Sie musste gerade etwas übersehen haben. Doch als Sophia wieder um die Ecke kam, stand ein Mann auf dem Flur, der gerade noch nicht da gewesen war. Er sah nicht wie ein Handwerker aus, sondern eher wie ein Hotelgast, der spät von einem Ausflug zurückgekehrt war. Sehr spät. Der Mann hielt einen dampfenden Kaffeebecher in der Hand und starrte sie einen kurzen Moment an. Schlank und gut gekleidet war er schon immer gewesen, aber der ordentlich geschnittene Vollbart war neu. Trotzdem erkannte sie ihn sofort.

„Ro... Robert!“, stammelte Sophia und vergaß völlig, dass sie schreiend davon laufen wollte.

Der Mann ließ den Kaffeebecher fallen. Er kümmerte sich nicht darum, dass der Inhalt an die Wand und an seine Hose spritzte, bevor sich der Rest auf dem Teppich verteilte. Stattdessen stürzte er mit vor Wut verzerrtem Gesicht auf das Mädchen zu. Draußen blitzte es. Das gespenstische Licht erhellte den Flur kurz wie Scheinwerfer eine Bühne. Das Mädchen holte Luft und stieß einen gellenden, verzweifelten Schrei aus. Gleichzeitig wich Sophia instinktiv zurück, obwohl sie wusste, dass dieser Weg eine Sackgasse war. Als sie erneut Luft holte, um nach Hilfe zu rufen, war der Mann schon bei ihr und presste ihr brutal seine Hand auf den Mund. Mit dem anderen Arm packte er sie und riss sie an sich.

Draußen donnerte es, dass die Fensterscheibe in ihrem Rücken klirrte. Sophia biss in einen Finger, der zwischen ihre Zähne geraten war, und trat um sich. Der Mann fluchte leise vor unterdrücktem Schmerz, ließ aber nicht los. Er zerrte sie zur Tür mit der Nummer 306, die jetzt aufgerissen wurde. Der Handwerker war wach und stürzte mit zerknautschtem Gesicht auf den Gang. Sophia schrie und schrie, aber die Schreie verließen ihren Mund nicht mehr. Roberts Hand war unerbittlich und quetschte ihre Lippen aufeinander wie eine Stahlzwinge. Sie ließen kaum Schall hinaus. Mit aller Kraft drückte Sophia ihre Kiefer zusammen und schlug die Zähne tiefer in das fremde Fleisch dazwischen, um den Mann zum Loslassen zu zwingen. Es war vergeblich. Mit vereinten Kräften zerrten die Männer sie in das Zimmer, aus dem sie gerade erst geflohen war, und schoben sie in das kleine Badezimmer zurück. Robert ließ sich mit ihr einsperren und zog endlich die Hand von ihrem Mund.

„Du Biest!!", herrschte er sie mit funkelnden Augen an, und Sophia dachte einen kurzen, schrecklichen Moment, er würde sie schlagen.

Robert hatte schon zum Schlag ausgeholt, als er sich besann und die Bewegung stoppte. Stattdessen schüttelte er seine rechte Hand nur und warf einen Blick auf die Bisswunde. Sein Finger blutete nur leicht, sah aber etwas deformiert aus. Er kniff die Lippen zusammen und streckte die linke Hand nach ihrem Rucksack aus. Sophia verstand und nahm ihn ab. Robert riss ihn an sich und wandte sich zur Tür.

„Und wehe, du schreist noch einmal!", drohte er.

Dann schlug er so hart mit der Faust an die Tür, dass Sophia zusammenzuckte. Die Frau öffnete ihm sofort und warf kurz einen Blick auf die Geisel. Sie schien erleichtert zu sein, dass das Mädchen unversehrt war. Erst als sich die Tür hinter den Entführern schloss, merkte Sophia, dass ihre Knie weich wurden. Sie lehnte sich an die Wand aus Schaumstoff und schloss die Augen. Ihr Hals war wie zugeschnürt und ihr Kopf leer. Sie konnte weder schreien noch denken. Nicht einmal eine Träne wagte sich hervor. Aber im Mund schmeckte sie Blut, Roberts Blut.

Es klopfte an die Zimmertür. Rahel war gerade wach geworden. Sie fühlte sich erschöpft und zerschlagen, so als hätte sie mit jemandem gekämpft.

„Herein!", rief sie verschlafen.

Opa Peter trat ins Zimmer. Er hielt ein kleines Tablett in der Hand, und Caruso folgte ihm schwanzwedelnd.

„Guten Morgen", grüßte er seine Enkeltochter und stellte das Tablett auf ihrem Nachttisch ab. Rahel roch das frische Croissant und den heißen Kakao, noch ehe sie den Teller mit Butter und Marmelade sah. Voller Vorfreude setzte sie sich im Bett auf. Caruso stupste ihre Finger mit seiner feuchten Nase an. Rahel kraulte automatisch seinen Kopf.

„Ist irgendwas?", fragte sie überrascht. „Habe ich meinen Geburtstag verschlafen?"

„Nein", lachte Opa. „Nur fast den letzten schulfreien Tag für diese Woche. Du bist ein bisschen spät dran. Alle anderen sind schon lange wach und an der Arbeit."

Rahel wurde rot und sah auf ihren Wecker. Schon 10 Uhr! Da hatte sie aber wirklich lange geschlafen. Opa ging zum Fenster und zog die Vorhänge etwas zur Seite, um die Sonne hereinzulassen. Rahel holte sich ihr Frühstück vom Nachttisch ins Bett und genoss den seltenen Luxus. Opa setzte sich in den Schaukelstuhl und sah ihr beim Essen zu. Caruso lag zusammengerollt zu seinen Füßen.

„Lecker!", sagte Rahel, als sie ihr Frühstück halb aufgegessen hatte.

„Schön!", freute sich Opa, der bis jetzt ebenso stumm wie sie gewesen war. „Hast du nicht so gut geschlafen?"

„Jetzt fühle ich mich prima", wich seine Enkeltochter aus und biss schnell noch einmal von ihrem köstlichen Hörnchen ab. Mit vollem Mund konnte sie keine Fragen beantworten. Opa nickte bedächtig.

„Sehr gut, ich habe nämlich einen kleinen Ausflug mit dir geplant."

„Wohin?", fragte Rahel alarmiert, nachdem sie den Bissen in den Magen befördert hatte.

„Erst mal in den Stadtpark. Wir gehen eine Runde mit Caruso spazieren."

Rahel spürte, dass Opa Peter ihr mit dieser Antwort genauso auswich wie sie ihm gerade. Als das Mädchen fertig war, stand Peter Schmickler auf und nahm das Tablett vom Nachttisch. Auch der Schnauzer erhob sich und schüttelte sich, bevor er mit dem Schwanz wedelte.

„Warum gehen Ronny und Silas nicht mit?", fragte Rahel misstrauisch.

„Die sind gerade mit den Rädern los und klappern die Burgenacher Hotels ab. Sie haben die fixe Idee, Sophia könnte dort irgendwo versteckt sein." Opa Peter kniff ein Auge zu. „Dein Papa hat ihnen sein altes Handy geliehen. Falls sie den Transit tatsächlich entdecken, gehen sie in sichere Entfernung und rufen sofort an. Es gibt diesmal keine Ermittlungen auf eigene Faust. Onkel Anton hilft ab heute Mittag wieder bei der Suche. Er ist mit dem Auto zur Arbeit gefahren und darf eher gehen."

Opa sah auf die Uhr und blieb zögernd stehen.

„Ich beeile mich", versicherte Rahel.

Dann sah sie Opa nachdenklich an. Was hatte er mit ihr vor?

„Erst mal in den Stadtpark?!", wiederholte sie und musste daran denken, dass das Parkhaus nicht weit von diesem Ort entfernt war. Ihr Gesicht wurde ernst und ihre Augen unruhig. Sie guckte im Zimmer umher und vermied Opas Blick. Gut, dass sie fertig mit dem Frühstück war. Jetzt hätte sie keinen Bissen mehr herunterbekommen.

„Ja", sagte Opa. Er sah ihr an, dass sie ahnte, worauf er hinauswollte. „Und dann gehen wir beide mit Caruso in das Parkhaus. Es wird Zeit, Rahel!", sagte er sanft.

Das Mädchen nickte und seufzte leise. Caruso spitzte die Ohren und legte den Kopf schief. Dann folgte er seinem Herrchen in den Flur.

Robert betrat das Zimmer Nummer 306 und schleuderte den grasgrünen, geöffneten Rucksack auf das große Hotelbett. Eine Butterbrotdose und das Pick-Set purzelten heraus.

„Hier, Rico!", schnauzte er. „Wenn du die Kleine besser durchsucht hättest, hättest du gewusst, dass sie Werkzeug dabei hat. Ich dachte, ihr wärt Profis!"

„Reg dich ab, ist doch nichts passiert", wiegelte der falsche Handwerker ab.

Er strich sich mit der Hand durch die Haare, wagte es aber nicht, seinem Komplizen ins Gesicht zu sehen.

„Nichts passiert?!", regte Robert sich weiter auf und hielt dem anderen seinen rechten Mittelfinger unter die Nase. Er war auf eine beachtliche Dicke angeschwollen und schwarzblau gefärbt. „Das Gör hätte mit ihrem Schrei das ganze Hotel aufwecken können!"

„Das habe ich geklärt", beeilte sich die Frau zu versichern. „Die Empfangsdame glaubt, unser armer, kranker Schützling habe aus Angst vor dem Gewitter geschrien." Sie lächelte hämisch. „Sie war ja so voller Verständnis und hat die Gäste beruhigt, die den Schrei gehört haben."

„Außerdem sind wir sowieso bald über alle Berge", behauptete Rico. „Hier vermutet uns keiner mehr. Wir können unbehelligt überall hin. Der neue Wagen steht in der Tiefgarage. Wir brauchen heute bloß auf die gleiche Art abzureisen, wie wir gekommen sind. Und in ein paar Tagen kassieren wir das Lösegeld."

Robert trat noch einen Schritt auf Rico zu.

„Ach, bloß, ja? Mann, du bist so ein Idiot, Rico!", flüsterte er verächtlich. „Kein Wunder, dass du schon mehrmals gesessen hast. Das Balg hat mich erkannt! Und noch haben wir das Lösegeld nicht."

Rico zuckte gleichmütig mit den Schultern.

„Wenn das Schätzchen frei ist und unsere Visagen beschreiben kann, sind wir längst in Mexiko. Mit neuem Namen, neuem Leben …" Er grinste. „Und neuem Geld."

Die Frau versuchte, ihrem Mann beizustehen.

„Die Pässe, die Rico besorgt hat, sind perfekt. Niemand wird uns am Flughafen erkennen, Robert. Alles wird gut!"

Robert blickte sie angewidert an.

„Ich bin nicht senil. Hör auf, mit mir so zu reden wie mit den Verrückten in deinem Altenheim. Mach lieber deinen Job. Wofür bezahle ich dich sonst?"

Er wandte sich wieder dem Handwerker zu.

„Warum habe ich mich bloß auf ein Pärchen wie euch eingelassen?"

Rico grinste und entblößte eine Reihe schiefer Zähne. Jetzt sah er Robert offen ins Gesicht und nickte.

„Weil du deine Rache wolltest!", beantwortete er die Frage seines Komplizen, die eigentlich nur rhetorischer Natur gewesen war. Robert hatte gar keine Antwort erwartet. Doch als Rico sie aussprach, wich er zurück, als hätte er in einen Spiegel geblickt und eine hässliche Fratze statt sein eigenes Gesicht darin gesehen. Aber leider war er nur einen Moment vor sich selbst erschrocken. Im nächsten vergaß er schon wieder, was er gesehen hatte.

„Rache, jawohl!", bestätigte er dann und sah die Frau wieder an. „Also los, Carola! An die Arbeit! Ab ins Reich der Träume mit unserem Schatz! Ich mache mich fertig und sehe nach dem Wagen für den Transport."

Robert lächelte. Bei dem Stichwort „Wagen" fiel ihm der Crash mit dem Oldtimer-Mercedes vor ein paar Tagen ein. Die heiße Phase der lange geplanten Entführung hatte mit Pech begonnen. Dafür lief es jetzt gar nicht so schlecht …! In Gedanken sah er sich kurz mit Tortillas und Tequila unter der heißen Sonne Mexikos. Sein Lächeln wurde noch breiter, als er auf den Flur trat und an den Geschmack der frischen Mangos, Avocados und Limetten dachte, die dort pur oder als kühler Drink serviert wurden.

HOTEL „BARBAROSSA"

„Puh, das war knapp", hechelte Silas.

Er lehnte sich mit dem Rücken an die Hauswand, an der auch ihre Fahrräder parkten. Ronny stand keuchend neben ihm.

„Der sah gar nicht so aus, als wenn der so schnell rennen könnte", meinte er und wischte sich den Staub von den Händen.

Ein paar kleine Steinchen hatten sich bei seinem Sturz gerade eben in die Haut gegraben. Ronny verzog das Gesicht, als er sie vorsichtig herauspulte. Silas schüttelte nur den Kopf. Er war froh, dass sie dem Hotelangesellten so eben noch entwischt waren.

„Das war jetzt das dritte Hotel. Bleibt noch eins."

Vorsichtig lugte er um die Ecke. Die strahlend weiße Fassade des Hotels „Barbarossa" lag jetzt genau in der Mittagssonne. Sie blendete. Silas kniff die Augen zusammen und guckte genauso düster wie das schlecht gelaunte Abbild des Kaisers mit dem langen Bart, das über dem Eingangsportal prangte. Friedrich I. starrte vor sich hin, als sei die goldene Krone mit dem aufragenden Kreuz in der Mitte selbst für seinen Dickschädel zu schwer. Aber zum Glück war niemand mehr draußen vor dem Eingang zu sehen. Anscheinend hatte der Angestellte Besseres zu tun, als zwei Jungen hinterherzulaufen, die im Keller seines Hotels Verstecken gespielt hatten. Das Rolltor, das das hoteleigene Parkhaus verschloss, war jetzt jedenfalls unten. Gut, dass sie da drin schon alles abgesucht hatten, als der Typ sie erwischte.

„Zum Glück hatten die anderen beiden keine Tiefgaragen", sagte Ronny. „Noch einmal kriege ich so einen Sprint nicht hin."

„Was soll ich erst sagen!", beschwerte sich Silas. „Du hast wenigstens lange Beine."

„Ja, klasse! Kann man prima drüber stolpern."

Silas lachte, obwohl er gar nicht wollte. Doch Ronny stimmte mit ein. Es hatte bestimmt lustig ausgesehen, als er unfreiwillig zu Boden ging.

„Trotzdem hat er mich nicht gekriegt", stellte er zufrieden fest und klopfte die kurze Hose aus.

„Ja, aber immer geht das bestimmt nicht gut. Und noch haben wir keine Spur von dem Transporter", wandte Silas ein.

Er gähnte gerade herzhaft, als hinter seinem Rücken eine ihm bekannte Stimme erklang.

„Ha… haste Sport gemacht, Silas? D… dein Kopf ist rot!"

Onkel Anton stand grinsend hinter ihm. Sein schwarz-gelber Ellenator parkte ordnungsgemäß abgestellt in einer Parkbucht am Straßenrand.

„Herr Ha… Hammerschmidt ha... hat gesagt, ich könnte eher gehen", schob er hinterher.

„Hi, Onkel Anton", sagte Silas. „Warum?"

„W… w... weil nichts mehr zu tun war. Haste gehört?"

„Ja, habe ich."

„Weil, weil das besser ist. Die Behinderten arbeiten nich so lange. Nur bis 60, weil, weil die nich so lange arbeiten können."

„Super, Anton! Dann können wir zu dritt zum Hotel ‚Rheinblick'", sagte Silas schnell, bevor sein Onkel noch weiter von der Rente erzählte.

„D... d... das k... kenne ich!", stotterte Anton aufgeregt. „D... da liefer ich immer Holz hin."

„Echt?!"

Ronny guckte zweifelnd.

„J... ja. Echtes Holz." Anton grinste. Es sah so aus, als wenn er genau wüsste, dass er einen Witz gemacht hatte. „D... doch! Echtes Holz i... in echt. Die haben ein Kaminzimmer. D... das ist schön. Schön is das", ergänzte er immer noch grinsend. Dabei guckte er aber Silas an, obwohl Ronny gerade mit ihm gesprochen hatte. „Holz hab ich geliefert. Wenn ich das doch sag! B... Buche und T...anne ..."

Silas nickte beruhigend.

„Alles gut, Anton. Cool, dass du das kennst. Dann kannst du mit deinem Auto schon mal vorfahren. Mir kommt da nämlich gerade eine Idee!"

Nachdenklich zog er das geliehene Handy aus der Hosentasche und sah das Foto von Sophia an. Gut, dass Samuel das beim Gemeindeausflug aufgenommen und ihm auf Papas altes Smartphone geschickt hatte.

„Hast du noch Rahels Zettel?", fragte er seinen Onkel.

„D... Den mit dem Kennzeichen", verstand Anton sofort, und Silas nickte. „Klar. I... im Handschuhfach."

„Gut! Dann bis gleich."

Rahel klopfte das Herz immer noch bis zum Hals. Aber jetzt nicht mehr vor Angst, sondern vor Freude. Ein kleines bisschen Stolz war auch dabei, denn sie hatte es geschafft! Sie war mit Opa und Caruso im Parkhaus gewesen. Sogar richtig lange! Mit Caruso an der Leine war sie an den langen Reihen der Autos auf und ab marschiert. Dass sie ab und zu seinen Kopf streicheln und sein warmes, weiches Hundefell an ihrem Bein spüren konnte, war beruhigend gewesen. Zum Schluss konnte sie auch an den roten Autos ohne rasenden Puls vorbeigehen. Jetzt war sie dankbar, dass Opa sie zu dem Ausflug überredet hatte. Rahel tastete nach ihrem neuen Dietrich-Set. Auch das Werkzeug hatte eine beruhigende Wirkung.

„Na?", fragte Opa Peter. „Alles in Ordnung?"

Seine Enkelin strahlte ihn an.

„Ja, danke, dass du mit mir hierhin gefahren bist. Es geht mir schon viel besser."

Opa nickte.

„Das dachte ich mir. Das hätten wir längst machen sollen. Du siehst auch viel besser aus. Nicht mehr so käsig um die Nase wie vor einer Stunde."

Rahel lachte.

„Ja, dieser Ronny hat recht gehabt: Die Angst wird weniger, wenn man sich ihr stellt."

„Sag bloß?", fragte Opa, „‚Ronny' und ‚recht haben' kommt bei dir in einem Satz vor?"

„Ausnahmsweise", grinste Rahel.

Dann wurde sie plötzlich ernst.

„Opa, ich glaube, ich … ich habe auch Angst um meinen Glauben."

„So? Wie meinst du das genau?", fragte Opa.

„Ich … ich bin nicht so fest davon überzeugt wie ihr."

„Wie wer?"

„Na, Silas, Mama, Papa, du und … und Oma. Oma war es auch", erklärte Rahel.

„Ich verstehe", sagte Opa und räusperte sich.

„Fragt ihr euch nie, ob … ob Jesus vielleicht nur ein Mensch wie wir war? Also, natürlich ein sehr guter Mensch."

Opa schmunzelte.

„Aber ja", sagte er, als sei es das Selbstverständlichste von der Welt. „Das habe ich mich auch gefragt."

Rahel guckte erst erschrocken, dann erleichtert.

„Dann ist das normal?!"

„Ich denke, ja, Rahel. Es ist normal, dass du das hinterfragst, was du von klein auf gehört hast. Das ist Teil des Erwachsenwerdens. Du siehst immer mehr über deine Familie und deine Gemeinde hinaus. Das ist wichtig und gut so. Ein Blick über den eigenen Tellerrand erweitert den Horizont enorm. Aber er ist auch beunruhigend und kann uns Angst machen. Schließlich gibt es genügend Menschen um uns herum, die nicht glauben, dass Jesus wirklich Gottes Sohn und der Heiland der Welt ist. Du befürchtest, sie könnten recht haben. Also musst dir jetzt eine eigene Meinung bilden und eine eigene Entscheidung treffen oder deine eigene Entscheidung überprüfen."

Opa dachte nach und streichelte Caruso. Rahel wartete ab. „Selbst glauben", hatte Werner gesagt. Von einer Überzeugung hatte Papa gesprochen und dass man sein Herz kennen müsse, bevor man Gott erkennen könne. *Will ich das überhaupt? Was ist, wenn mir mein eigenes Herz nicht gefällt?*

„Wenn du nach Gott suchst, kommst du nicht an Jesus vorbei. Das sagt zumindest die Bibel", stellte Opa Peter fest.

Rahel wusste, auf welchen Vers ihr Großvater anspielte. Er brauchte ihn nicht zu zitieren. Sie hatte ihn tausendmal im Kindergottesdienst gehört. „Ich bin der Weg und die Wahrheit und das Leben; niemand kommt zum Vater als nur durch mich." Sie wusste sogar, wo er stand: im Johannesevangelium, 14. Kapitel, Vers 6.

„Deswegen musst du für dich klären, wer Jesus war. Und offensichtlich beschäftigt dich gerade genau diese Frage. Das ist gut", stellte Opa fest.

Rahel wusste nicht, ob sie diese Ansicht teilten sollte.

Es war ziemlich anstrengend, sich mit solchen Fragen zu beschäftigen. Es machte innerlich unruhig.

„Nur solltest du dir über die Konsequenzen der jeweiligen Antwort im Klaren sein."

„Wie meinst du das?", fragte Rahel.

Alle ihre inneren Alarmknöpfe sprangen auf Rot.

„Jede Entscheidung hat logische Konsequenzen. Wenn du zu dem Ergebnis kommst, dass Jesus nur ein Mensch wie wir war, konnte er dann auferstehen?", fragte Opa.

„Wahrscheinlich nicht", antwortete Rahel. „Jedenfalls kenne ich keinen Menschen, dem das gelungen wäre."

Sie lächelte schwach. Opa lächelte zurück.

„Wenn Jesus nur ein Mensch war, dann ist er jetzt also tot, richtig?", fasste er zusammen.

„Richtig", bestätigte Rahel und nickte dabei.

„Wenn er aber Gott war, lebt er, richtig?"

„Ja. Denn dann wäre das mit der Auferstehung wohl kein Problem."

„Ganz genau."

Opa guckte nachdenklich.

„Wenn man einen Lebendigen bei den Toten sucht, findet man ihn dann?"

Rahel verstand plötzlich.

„Nein, wohl nicht", gab sie zu.

„Nein, wenn man jemanden am falschen Ort sucht, dann kann man ihn nicht finden. Und deshalb ist es sehr wichtig, für wen wir Jesus halten. Wir sollten uns unsere Antwort gut überlegen. Nimm dir Zeit, Rahel."

Das Mädchen nickte.

„Hat Silas sich schon gemeldet?", fragte sie nach einer Weile.

„Ja, warte mal, gerade hat mein Telefon vibriert."

Herr Schmickler langte in seine Hosentasche und reichte seiner Enkeltochter das Handy. Rahel kontrollierte rasch die eingegangenen Nachrichten. Tatsächlich war eine von Silas dabei.

„Sie haben drei Hotels abgeklappert. Ohne Erfolg. Jetzt fahren sie mit Onkel Anton zum vierten", informierte sie ihren Opa und seufzte. „Und letzten. Die Chance sinkt."

„Ah, Anton ist zu ihnen gestoßen", sagte Opa und streichelte Caruso. Nachdenklich sah er Rahel an. „Die Chance war ohnehin nie sehr groß", sagte er vorsichtig. „Aber was meinst du? Hast du Lust, zu Fuß zum Hotel „Rheinblick" zu spazieren? So furchtbar weit ist es nicht mehr von hier."

„Und ob!", freute sich Rahel. „Ich werde noch verrückt, wenn ich nur abwarte."

„Na, dann los!", kommandierte Opa, und Caruso wedelte wie auf Befehl mit dem Schwanz.

Das Wörtchen „los" verstand er genau.

Silas und Ronny warteten höflich, bis sie an der Reihe waren. Die Empfangsdame des Hotels „Rheinblick" sprach noch mit einem Mann, der offensichtlich auschecken und bezahlen wollte. Er reichte gerade zwei Plastikkarten über den Tresen, die als Zimmerschlüssel dienten, und zückte sein Portemonnaie. Die Jungs hielten etwas Abstand. Trotzdem konnten sie jedes Wort verstehen.

„Es freut mich, dass Ihnen der Aufenthalt bei uns gefallen hat", sagte die Hotelangestellte zuckersüß. „Ich hoffe, Sie waren nicht zum letzten Mal hier."

„Nein, sicher nicht. Es war alles zu unserer vollsten Zufriedenheit. Wir haben uns gut erholt", versicherte der Mann und legte ein paar Geldscheine auf die Theke.

Die Frau nahm sie entgegen. Ronny und Silas hörten ihre Finger auf der Tastatur des Computers klappern. Ein Drucker druckte. Er schien alt zu sein, denn er ächzte und klapperte, als müsste er die Druckerfarbe erst anrühren. Der Mann trommelte mit den Fingerkuppen auf das dunkle Holz der Empfangstheke, stoppte aber sofort die Bewegung, als sie ihm bewusst wurde. Silas runzelte die Stirn. Endlich reichte die Angestellte eine Quittung über den Tresen. Der Mann griff danach und bedankte sich.

„Wir danken Ihnen, Herr Großhaupt", wehrte die Empfangsdame ab. „Eine gute Heimreise!"

Herr Großhaupt nickte und eilte zum Aufzug. Silas schaute ihm stirnrunzelnd nach.

„Na, was kann ich für Sie tun, junger Mann?", fragte die Angestellte.

Ihre Stimme war eine Spur weniger freundlich. Silas wandte ihr den Kopf zu.

„Ja, äh … ich habe da mal eine Frage", stotterte er und wurde prompt rot.

Aber das passte ganz gut zu seinem Plan. Er legte das Smartphone auf das Holz, das ihn und die Angestellte voneinander trennte.

„Ich … ich suche dieses Mädchen. Sie hat gesagt, sie ist in einem Hotel in Burgenach, aber leider hat sie mir nicht verraten, in welchem."

Die Frau stutzte, beugte sich aber dann doch interessiert über das kleine Bild auf dem Display.

„Wow, die sieht aber hübsch aus", sagte sie und guckte Silas forschend ins Gesicht. „Kein Wunder, dass du dich in die verguckt hast."

Silas Gesicht färbte sich weiter ein, aber diese Schamröte hatte den gewünschten Erfolg. Die Frau dachte tatsächlich, er sei in die Gesuchte verliebt. Auch Ronny merkte, wie ihm heiß wurde.

„Nein, tut mir leid", sagte die Dame vom Empfang und drehte das Handy wieder zu Silas. „Die wäre mir aufgefallen. Sie ist ganz bestimmt nicht hier."

Dann sah sie nachdenklich auf die beiden Jungs.

„Und *wenn* sie hier wäre, würde ich es euch nicht verraten, denn wenn sie gewollte hätte, dass ihr sie findet, hätte sie euch ja ihr Hotel beim Namen genannt."

Silas schluckte und nickte.

„Und es ist auch niemand hier, der ihr vielleicht ein bisschen ähnlich sieht?", hakte er noch einmal nach.

„Nein", versicherte die Angestellte und warf noch einmal einen kurzen Blick auf das Bild, das jetzt aus ihrer Sicht auf dem Kopf stand. „Der einzige Gast, der auch diese Hautfarbe hat, läuft ganz bestimmt nicht draußen rum und bändelt mit Jungs an, denn er sitzt im Rollstuhl."

Silas sah peinlich berührt zu Boden.

„Dachte ich mir", sagte die Empfangsdame.

„Dürfen wir vielleicht eine Weile hier in der Halle sitzen und warten, ob sie doch noch hereinkommt?", fragte Ronny. „Sie hat gesagt, sie äße gerne Kuchen, und Ihr Café hat den besten Kuchen in Burgenach."

Geschmeichelt lächelte die Angestellte.

„Das hat wohl wenig Sinn, aber ein paar Minuten könnt ihr meinetwegen warten, wenn ihr die Gäste nicht belästigt. Ich behalte euch im Auge, und wenn ich weggerufen werde, müsst ihr gehen."

„In Ordnung!", sagte Silas und ging schnurstracks zu einem der Wartesessel. Er versuchte, sich einigermaßen vornehm hineinzusetzen. Ronny blieb neben ihm stehen und behielt den Eingang im Auge.

„Hauptsache, Anton kann in Ruhe in der Tiefgarage herumschnüffeln", flüsterte Ronny seinem Freund zufrieden zu. „Je besser sie uns im Auge behält, desto weniger Augen bleiben für deinen Onkel übrig!"

HOTEL „RHEINBLICK“

Sophia war immer noch wie gelähmt. Nicht, weil man sie geschnappt und zurück in ihr Verlies gebracht hatte, wie sie das Badezimmer jetzt in Gedanken nannte, sondern weil sie es nicht fassen konnte, dass Robert zu ihren Entführern gehörte. Sie hatte ihn sofort erkannt. Er hatte sich kaum verändert. Immer noch war er schlank, aber muskulös. Niemand hatte sie so hoch in die Luft werfen können wie er, als sie noch zu klein gewesen war, um einen Tornister zu tragen. Immer noch war er ordentlich und gut angezogen, so wie Papa es von seinen Angestellten mochte. Pünktlich, zuverlässig, fröhlich und freundlich. Der nette Robert! Ach, du liebes bisschen, sie kannte ihn von klein auf! Er gehörte fast zur Familie. Er hatte mit ihnen gegessen und mit ihr zu Hause Rechnen geübt. Bis … ja, bis er sich selbst verrechnet hatte. Leider nicht aus Versehen, sondern absichtlich, weil er fand, dass er zu wenig verdiente. Trotzdem hatte sie ihn immer noch gemocht. Sie hatte ihn vermisst, als er im Gefängnis war, hatte Mitleid mit ihm gehabt und sich gefreut, als Papa erzählte, dass es ihm besser ginge und er wieder ein guter Mensch geworden sei.

Aber das war nicht wahr! Er hatte alle getäuscht. Sie waren auf ihn hereingefallen – Papa, Mama und auch sie selbst.

Zwei Tränen rollten über Sophias Wangen. Ihre Hand griff nach dem Toilettenpapier und wischte sie ab. Dann starrte sie auf das feuchte Papier. Es war immer noch weiß, nicht milchkaffeebraun. Ihre Tränen waren durchsichtig. Durchsichtig und farblos. Sie waren genauso farblos wie die Tränen aller Menschen, wenn sie weinten. Sophia lächelte durch den Tränenschleier hindurch. Bei der Traurigkeit machte die Hautfarbe wohl auch keinen Unterschied, und Gott zählte die Tränen aller Menschen. Plötzlich öffnete sich die Tür, und das Mädchen schrak aus seinen Gedanken auf. Sophia hatte gar keinen Schlüssel im Schloss gehört.

„Zimmerservice!", sagte die Frau, die ihr vor zwei Tagen das Schlafmittel gespritzt hatte.

Doch Sophia konnte über den missratenen Witz überhaupt nicht lachen. Es fühlte sich an, als läge ein Stein in ihrer Brust statt eines Herzens. Die Frau trat ins Bad und zog die Tür schnell hinter sich zu. Sophia hörte, wie von draußen abgeschlossen wurde, aber es war ihr egal. Jetzt hatte sie sowieso keine Chance mehr, hier herauszukommen. Sie würde hier warten, bis Papa das Geld gezahlt hatte. Dass er es tun würde, stand für sie außer Frage. Dass Robert sie freilassen würde, auch. Er konnte ihr nicht wirklich etwas Schlimmes antun. Er hatte sich beherrscht und sie nicht geschlagen. Er würde sie nur weiter gefangen halten, bis er sein Geld hatte. Oder? Was, wenn die anderen beiden das anders sahen? Oder was, wenn Robert seinen Plan ändern musste, weil sie ihn erkannt hatte? Sie wusste, wer er war! Sophias Herz schlug plötzlich schneller, und sie fing wieder an zu schwitzen.

„Du solltest etwas essen!"

Die Frau oder besser Carola, wie sie Robert heute Nacht genannt hatte, stellte eine Styroporbox auf den Boden. Sie klang nicht mehr lustig, sondern ernst. Schon wieder Reis? Es roch danach. Reis zum Frühstück; dabei aßen sie sonst

Körnerbrötchen mit Butter und gutem französischen Käse. Sie nickte aber, um Roberts Komplizin nicht zu verärgern.

„Gut“, sagte Carola und wandte sich der Tür zu.

Sie schlug mit der Faust dagegen, genau wie Robert es getan hatte, um ihren Mann herbeizurufen. Als die Entführerin wieder draußen war, zog Sophia die Reisbox zu sich. Es war seltsam, aber sie hatte schon wieder Hunger. Anscheinend funktionierte ihr Körper normal. Sie klappte die Box auf. Reis mit Hühnchen, wie gehabt. Auch eine Gabel war wieder dabei. Ob diese Weißen glaubten, sie äße den ganzen Tag nur Reis mit Hühnchen?! Sophia schüttelte erbost den Kopf. Trotzdem nahm sie eine Gabel voll und aß. Es schmeckte salzig.

Erschrocken legte das Mädchen die Gabel zurück. *Ich habe vergessen, für das Essen zu danken!,* dachte sie. Sie holte ihr Gebet nach und wartete fünf Minuten. *So eine Gabel Reis hat eine unglaubliche Wirkung,* dachte Sophia. *Ist zwar etwas versalzen, aber ich fühle mich gleich besser.* Das steinerne Herz schlug wieder leichter, und die Sorgen wurden kleiner. Alles würde gut. Bestimmt. Sie aß weiter. Nach ein paar weiteren Bissen merkte sie aber auf einmal, wie ihr übel und schwindelig wurde. *Nein!,* dachte Sophia, seltsamerweise wenig erschrocken und noch völlig klar im Kopf. *Ich bin in die Falle getappt!* Was auch immer die Hexe in den Reis getan hatte, es musste verzögert wirken oder eine größere Dosis erfordern, bis man einschlief. *Aber so nicht!,* schwor sie sich. Sie musste sofort handeln, ehe die ganze Wirkung einsetzte.

Nur mit Mühe gelang es Sophia, die Mahlzeit ins Klo zu schütten und hinunterzuspülen. Aber es gelang. Dann nahm sie Seife und den Lappen, der unter dem Waschbecken hing, und beseitigte mit letzter Kraft die Fettspuren in der Schüssel. Sollte die Alte ruhig denken, sie hätte alles gegessen! Sophia spülte noch einmal ab. Dann wurde ihr Kopf so schwer wie

Blei. Auf ihre Matratze schaffte sie es nicht mehr. Langsam ließ sie sich auf die Fliesen gleiten und schlief ein.

„Ah, Herr Schmickler!", begrüßte der Hausmeister des Hotels „Rheinblick" Anton. „Bringen Sie schon das Brennholz? Ein bisschen früh Anfang Juni, oder nicht? So kalt ist es doch nicht einmal bei uns in der Eifel ... ha, ha, ha!"

Er lachte dröhnend, und sein Gelächter schallte durch die ganze Tiefgarage.

„N... nee, heute nich", antwortete Anton nüchtern und ehrlich. „Heu... Heute bin ich nur so hier. Nur so."

„Ja, ja, immer fleißig, die Schmicklers", meinte der Hausmeister, als hätte er gar nicht genau zugehört. „Frohes Schaffen, muss dann mal wieder ..."

Er klopfte Onkel Anton auf die Schulter und ging in Richtung Lastenaufzug. Die Tür stand gerade offen, und ein gutangezogener Mann erschien hinter den Metalltüren. Er betrat das Parkhaus und steuerte auf einen kleinen schwarzen Transporter zu, der ein Behindertentransport-Schild auf der Heckklappe trug. Es war ein skizzierter weißer Rollstuhl vor blauem Hintergrund. Doch Onkel Anton beachtete das Fahrzeug und den Mann nicht. Seine Augen suchten nach dem metallic-blauen Transit mit der Beule und dem passenden Nummernschild. Die Tiefgarage war nicht groß, aber voll. In einigen Bundesländern waren schon Sommerferien, deshalb war das Hotel „Rheinblick" fast voll belegt.

Aufmerksam schritt Anton die Reihen der parkenden Wagen ab, obwohl er auf einen Blick hätte sehen können, dass sich der große blaue Transporter hier nicht versteckte. Als er einmal durch das Parkhaus gelaufen und auf der anderen Seite wieder zurück Richtung Lastenaufzug gegangen war, stutzte er plötzlich. In der letzten Ecke stand der hoteleigene Shuttle-Bus, mit dem der Hausmeister manchmal die älteren

Touristen vom Bahnhof abholte oder zu den Ausflugszielen brachte, die das Hotel anbot. An seinen Fensterchen waren die Innenjalousien herabgezogen. Aber dort hinten, in der Lücke zwischen Shuttle-Bus und Tiefgaragenwand, schaute ein metallic-blaues Autodach hervor.

Immer noch ruhig näherte sich Onkel Anton der Stelle. Er besah sich den Wagen genau. Es war tatsächlich ein Ford Transit, aber auf den ersten Blick hatte das Fahrzeug keine Beule. Jedenfalls nicht auf der linken Seite. Die rechte konnte Anton nicht sehen, da das Auto sehr dicht an der Tiefgaragenwand geparkt war. Im Zeitlupentempo fischte Onkel Anton Rahels Zettel aus der Hosentasche. Als er ihn in der Hand hielt und ablesen konnte, klappte eine Autotür ganz in der Nähe zu. Kurz darauf näherten sich Schritte dem Aufzug und damit auch dem Detektiv auf der Suche nach dem Unfallwagen.

Da Anton Schmickler schon links neben der Fahrertür des Transits stand, ging er nicht zum Heck des Autos, um das Nummernschild bequem abzulesen, wie es jeder andere Mensch gemacht hätte. Nein, er hatte die Lücke in der Wand entdeckt, die sich vor der Schnauze des Kastenwagens auftat, und hockte sich hinein, um Rahels Buchstaben mit denen auf dem Kennzeichen zu vergleichen. In dem Moment, in dem Anton in der Ausbuchtung verschwand, ging der gutgekleidete Mann an dem Transit vorbei in Richtung Aufzug zurück. Er warf nur einen kurzen Blick auf den Transporter, ohne Onkel Anton zu entdecken.

„A T B – Ssss Mmm … 3 … 1 … 8“, murmelte Onkel Anton vor sich hin. „D… das is der!“

Aufgeregt kam er hinter dem Fahrzeug hervor und ging ebenfalls zum Aufzug. Er wusste, dass er auch zur Empfangshalle führte und Silas und Ronny dort auf ihn warteten. Der gutgekleidete Mann hatte bereits auf den Knopf gedrückt.

Der Aufzug war aber gerade erst gekommen, und die Türen gingen auf.

„Guten Taaag!", sagte Anton, schlüpfte mit in den Fahrstuhl und drückte auf das große E.

Der Mann schaute überrascht von seinem Smartphone auf, grüßte aber zurück. Onkel Anton sah in das Gesicht mit dem ordentlich geschnittenen Vollbart. Stumm fuhren die beiden in die erste Etage. Hier verließ Anton Schmickler den Aufzug. Der Anzugmensch mit dem Bartgesicht fuhr noch weiter nach oben. Er blieb allein hinter den Metalltüren zurück.

„I... i... ich hab den ge... gesehen!", posaunte Anton, als er in die Empfangshalle kam und Ronny und Silas entdeckte. Er war noch ein ganzes Stück von ihnen entfernt. Die Dame hinter dem Tresen blickte kurz auf.

„Ach, guten Tag, Herr Schmickler!", sagte sie und widmete sich wieder ihrem Computer. „Schon wieder Zeit für Brennholz?"

„Nee ... nee, heute nich! Heu... heute bin ich nur so hier, nur so", wiederholte Onkel Anton, was er schon dem Hausmeister geantwortet hatte.

Silas sprang auf und ging seinem Onkel entgegen, ehe er noch einmal das Ergebnis seiner Suche herumbrüllen konnte. Er fasste ihn an der Hand und zog ihn hinter sich her nach draußen an die frische Luft.

„D... der is a... aber da unten!", protestierte Anton.

Diesmal war er zum Glück leiser.

„Ja, ist ja gut!", beruhigte Silas ihn. „Das hast du klasse gemacht!"

Sein Herz schlug ihm bis zum Hals. Sie hatten das Auto tatsächlich entdeckt! Anton hatte es entdeckt. Es war hier! In Burgenach! Im Hotel „Rheinblick". Immer noch!

„Heißt das, die Entführer sind mit Sophia auch noch hier?", flüsterte Ronny, obwohl sie jetzt weit genug vom

Eingang entfernt waren. Genau das hatte sich Silas auch gerade gefragt. Er sah Ronny an.

„Ich weiß es nicht", gab er kopfschüttelnd zu. „Aber es könnte sein."

„R... ruf Papa an!", forderte Onkel Anton.

Doch Silas hatte bereits das Handy in der Hand. Er drückte auf Opa Peters Nummer.

„Egal, ob sie noch hier sind oder nicht. Hier machen jetzt die Profis weiter", sagte er bestimmt.

Ronny nickte stumm. Es war so leise, dass sie Opas Handy tuten hören konnten. Endlich ging er dran.

„Hi, Opa!", begrüßte Silas seinen Großvater. „Anton hat den Transit entdeckt! In der Tiefgarage des Hotels ‚Rheinblick'!" Er wartete kurz. „Gut, wir stehen direkt davor. Sagst du deinen Kollegen Bescheid?" Wieder horchte er und nickte, obwohl sein Gesprächspartner diese Geste gar nicht sehen konnte. „Dann bis gleich", verabschiedete er sich schließlich.

„Was ist?", fragte Ronny.

„Mein Opa ist schon auf dem Weg hierher. Er war mit Rahel und Caruso in der Stadt. Wir sollen auf der andern Straßenseite auf ihn warten und den Eingang des Hotels im Auge behalten. Er ruft die Polizei."

„Hoffentlich sind die rechtzeitig hier", wünschte sich Ronny.

ABZUG

„Pass doch auf!", schimpfte Carola mit ihrem Mann. „Sie soll schließlich heil bleiben."

„Ja, ja. Ist verflixt schwer, so ein kleiner Mensch."

„Pfft!", machte die Frau. „Was weißt du schon von schwer! Ich habe jeden Tag schwerere Menschen herumgedreht und hochgehoben, wenn ich sie waschen musste. Mein Job war schwer. Du hast herumgesessen und Vollpension genossen."

„Reg dich ab. Ist ja vorbei", meinte Rico und grinste. „Immerhin hätte ich sonst Robert nicht getroffen."

„Ja, ja, du bist der Größte. Jetzt fass endlich richtig an, sonst kriegen wir die Kleine nie in den Rollstuhl. Wenn dein feiner Robert zurück ist, wollen wir verschwinden."

Sophia hörte die Worte wie durch eine dicke Wattewolke oder als hätte sie Ohrstöpsel ganz tief im Gehörgang. Sie hielt die Augen geschlossen und machte sich möglichst schwer. Aber das war wahrscheinlich Einbildung. Ihr Körper gehorchte nicht. Selbst wenn sie versucht hätte, die Augen aufzumachen oder einen Arm zu heben, wäre es ihr nicht gelungen. Hoffentlich verpasste ihr der ungelenke Pflegehelfer nicht zu viele blaue Flecken. Sie spürte den Griff um ihre

Beine kaum, aber sie wurden angehoben. Ihr Rücken stieß an Metall.

„Höher, Mann!", giftete Carola.

Schließlich plumpste Sophias Körper in den Liegerollstuhl. Ihr Kopf schlug nach links, wurde aber von irgendetwas gebremst. Hatte sie wirklich gestöhnt? Oder war das auch nur Einbildung?

„Die ist wach!", hörte sie Rico erschrocken sagen.

„Quatsch. Das ist sie ganz bestimmt nicht. Sie hat brav alles aufgegessen", behauptete seine Frau.

„Und wenn du zu viele Tropfen rein gemacht hast?"

„Dann wacht sie erst recht nicht auf."

Rico wich zurück, und Carola lachte.

„Mann, es war nicht zu viel. Ich verstehe meinen Job und bin vorsichtig mit der Dosierung. Meine alten Leutchen sind noch alle wieder aufgewacht."

Trotzdem nahm sie Sophias Hand hoch und fühlte den Puls am Gelenk. Sie schaute auf ihre Armbanduhr. Nach ein paar Sekunden legte sie die Hand des Mädchens zurück.

„Alles in bester Ordnung", sagte sie. „Unser Schatz schläft nur."

Carola legte eine Decke über Sophia, zog sie bis ans Kinn hoch und stopfte sie rundherum sorgfältig fest. Dann rückte sie ihrem Schützling den Kopf gerade und setzte ihm die Mütze auf. Zum Schluss hielt sie ihr Ohr über Sophias Nase. Warme Luft traf ihre Haut, und Carola richtete sich auf.

„Atmet sie?", fragte Rico.

„Natürlich atmet sie. Jetzt mach mich nicht verrückt, pack lieber deine Sachen und räum das Badezimmer auf."

In den nächsten Minuten fasste niemand Sophia an. Sie hörte nur, wie Schranktüren geöffnet und Koffer geschlossen wurden. Stoff wurde zerrissen, nein, das war bestimmt der Schaumstoff, den der Handwerker von den Wänden rupfte.

Müllbeutel knisterten. Wasser plätscherte, die Klospülung ging. Alle Geräusche sickerten in ihren Kopf.

„Der feine Robert hätte ruhig mit anfassen können", beschwerte sich Rico schließlich. „Stattdessen warten wir jetzt auf ihn."

Das Bett quietschte. Der Handwerker hatte sich wohl darauf gelegt. Carola nahm noch einmal Sophias Handgelenk und prüfte den Puls. Sie schien zufrieden zu sein, denn sie sagte ausnahmsweise nichts. Sophia beschloss, sich zu entspannen, während sie auf Robert warteten. Es klappte sofort. Das Einschlafen ging ganz leicht.

„Da seid ihr ja endlich!", begrüßte Silas seinen Opa und seine Schwester erleichtert.

Die Jungs und Anton waren auf etwas mehr Abstand vom Hotel gegangen und standen jetzt vor dem kleinen Eiscafé, das schräg gegenüber vom Hotel „Rheinblick" lag. Die Straße dazwischen war nicht so breit. Deshalb konnte man vom Café aus den Eingang immer noch gut sehen.

„Ich hatte viel früher mit dir gerechnet. Hast du die Polizei informiert?", fragte Silas.

„Hi, Rahel", sagte Ronny und schaute wachsam auf Caruso.

So langsam hatte er sich zwar an den großen, aber meistens friedlichen Hund gewöhnt. Doch es konnte nicht schaden, vorsichtig zu sein.

„Aber sicher", beantwortete Opa Peter Silas' Frage. Er sah auf die Uhr. „Vor einer guten halben Stunde. Ich bin mit Rahel zu Fuß vom Stadtpark gekommen. Wir waren vom Auto ungefähr genauso weit entfernt. Wenn wir umgedreht hätten, wäre es auch nicht schneller gegangen."

„Und, was haben sie gesagt?", wollte Silas wissen.

„Dass sie sich um alles kümmern. Und dass ihr das sehr gut gemacht habt", lobte Opa die Detektive.

„Und was passiert jetzt?", fragte Ronny. „Warum ist noch keine Polizei hier?"

„So schnell geht das nicht. Die Sonderkommission, die sich um Sophias Fall kümmert, sitzt in Koblenz. Von dort aus schicken sie eine Observationseinheit, die jetzt hier vor Ort mehr Informationen über die Lage sammelt. Wie du weißt, ist Koblenz etwa vierzig Kilometer entfernt. Sogar wenn da gerade eine Einheit frei war, brauchen sie mindestens eine Stunde, selbst wenn alles optimal läuft. Die reine Fahrtzeit beträgt ja schon fünfunddreißig Minuten."

„Was heißt Observation?", fragte Silas. „Beobachten die etwa das Hotel nur? Ich dachte, die marschieren da rein und – zack! – befreien sie Sophia!?"

Opa lächelte.

„Nein, Silas. So einfach ist das nicht. Wenn die Entführer merken, dass die Polizei im Hotel ist, könnten sie womöglich der Geisel etwas antun. Das muss man schlauer anstellen. Die Polizisten klären zuerst, ob die Täter überhaupt noch vor Ort sind oder ob das Fahrzeug nur zurückgelassen wurde. Falls sie tatsächlich noch im Haus sind, verschaffen sie sich einen Grundriss des gesamten Gebäudes, besetzen alle Ausgänge und versuchen, so viele Gäste wie möglich aus dem Gefahrenbereich zu schaffen, bevor sie die Zugriffseinheit reinschicken."

„Boah", stöhnte Rahel. „Das kann ja ganz schön lange dauern."

Opa nickte.

„Bis jetzt wissen die Kollegen nicht einmal, mit wie vielen Tätern sie es zu tun haben."

„Und was ist, wenn die in der Zwischenzeit verduften?", gab Ronny zu bedenken. „Bevor die Polizei da ist?"

„Noch wissen wir ja gar nicht, ob sie wirklich da drin sind", meinte Opa. „Ich kann mir nicht vorstellen, dass sie den

ENTDECKEN FÜRS LEBEN
Christliche Verlagsgesellschaft Dillenburg
Am Güterbahnhof 26 | 35683 Dillenburg | Tel: 02771-8302-0 | Fax: 02771-8302-10
www.cv-dillenburg.de

Thomas Gelfert

Testament7: Der Schatz der Tempelritter

Band 4

Samuel muss sich entscheiden: Schule oder Freunde. Beides sei nicht möglich, behaupten seine Eltern. Doch als Professor Cardiff überraschend nach Villstein kommt, entdeckt Samuel allmählich, dass es ein ganz anderes Ziel für sein Leben geben könnte. Ein verschlüsselter Hinweis führt ihn und seine Freunde nach Zypern – auf die Spur der Tempelritter und ihres Vermächtnisses. Kaum angekommen, müssen sie feststellen, dass sie nicht die Einzigen sind, die hinter dem Schatz her sind ...

Gb., 224 S., 13,5 x 20,5 cm
Best.-Nr. 271 585
€ (D) 12,90

Titelbild: pixabay.com/Victoria_Borodinova

Transit noch einmal benutzen. Die Kollegen vor Ort haben die Fahndung bestimmt noch im Gedächtnis. Vielleicht haben sie ihn einfach nur hier abgestellt und sind ganz woanders."

„Aber einfach so kann man doch bestimmt nicht in das Hotelparkhaus fahren. Vielleicht haben die wirklich hier gewohnt", wandte Rahel ein.

„Das stimmt natürlich", sagte Opa. „Sie können aber auch längst wieder weg sein."

Silas kam plötzlich eine Idee.

„Anton, war da unten im Parkhaus noch ein anderes großes Auto?", fragte er seinen Onkel.

„J… Ja! D… Der Shuttle-Bus vom Hotel!", sagte Anton.

„Nein, den meine ich nicht, der steht ja immer da, und außerdem haben sie dafür keinen Schlüssel. Den können sie also nicht nehmen. Ich meine, stand da vielleicht noch ein anderes privates, großes Auto, das nicht vom Hotel war?"

Anton zuckte die Schultern.

„Weiß ich doch nicht!"

Doch dann fiel ihm noch etwas ein.

„D… Da war nur noch ein Beh… Behindertentransporter. Ganz schwarz war der."

„Ein Behindertentransporter? Woher weißt du das?", fragte Ronny.

„D… Der ha… hatte das gleiche Schild wie da… das auf den Caritas-Bussen."

„Ein weißer Rollstuhl auf blauem Grund?", fragte Rahel.

„Ge… genau. Hmh. So sah das aus", bestätigte Onkel Anton. „Und die Fenster waren schwarz. G… Ganz schwarz waren die."

„Oh, ich weiß, worauf ihr hinauswollt", sagte Opa. „Aber um einen kleinen Menschen wegzuschaffen, braucht man nicht unbedingt ein großes Fluchtfahrzeug. Es reicht jeder normal große Pkw mit einem Kofferraum."

Zum ersten Mal seit zwei Wochen grummelte Rahels Magen nicht, als jemand das K-Wort erwähnte. Ronny schaute prüfend zu Silas' Schwester. Zufrieden registrierte er, dass sie nicht blass geworden war. Zum Glück sah sie nicht, dass er zu ihr schaute, sonst hätte sie sich bestimmt wieder aufgeregt.

„Mann, dauert das lange!", beschwerte sich Silas und sah ungeduldig auf die Uhr.

Er war enttäuscht, dass seine Idee nicht zwingend die einzig richtige war. Wenn es theoretisch jedes Auto sein konnte, das da aus dem Parkhaus kam, waren diese Verbrecher womöglich gerade vor ihren Augen mit Sophia davongefahren.

„Keine Sorge", meinte Opa. „Ich glaube, da ist schon jemand gekommen."

„Wo?", fragte Ronny.

Das einzige Auto, das soeben vor dem Hotel und genau hinter Onkel Antons Ellenator einparkte, war ein unauffälliger Opel. Ein Mann und eine Frau stiegen aus. Sie waren ganz normal angezogen und sahen aus wie ein Touristenpärchen.

„Habt ihr Lust auf ein Eis?", fragte Opa auf einmal. „Ich lade euch ein."

Ronny strahlte. Er war schon lange nicht mehr auf ein Eis eingeladen worden. Rahel grinste. Prima! So konnten sie das weitere Geschehen aus sicherem Abstand beobachten.

„Guten Tag", sagte der Mann, der eben mit seiner Frau oder Freundin in die Eingangshalle des Hotels „Rheinblick" geschlendert war.

Er ging zu der freundlich lächelnden Empfangsdame und streckte seine Hand über den Tresen. Die Hand enthielt etwas, das nur sein Gegenüber sehen konnte.

„Ich bin von dieser Firma hier und hätte gerne unauffällig einen der Verantwortlichen gesprochen", sagte der Mann leise, aber deutlich.

Das Lächeln der Frau hinter der Theke verschwand augenblicklich, als sie die Polizeimarke sah. Mit ernstem Gesicht stand sie auf und lief vor den Zivilbeamten her, um ihnen den Weg ins Büro des Geschäftsführers zu zeigen. Sie klopfte. Nachdem sie die Erlaubnis bekommen hatte, trat sie mit den Beamten ein und schloss die dicke Tür sorgfältig hinter sich.

Die Polizistin nahm zwei Fotos aus der Handtasche. Ihr Kollege befestigte einen kleinen Ohrhörer mit Mikrofon in seiner Ohrmuschel. Nachdem er dem Direktor kurz die Sachlage erklärt hatte, legte seine Kollegin die Fotos auf den Schreibtisch des Geschäftsführers. Doch ehe der etwas sagen konnte, griff die Empfangsdame aufgeregt nach Sophias Bild.

„Moment mal, das Mädchen kenne ich!“, rief sie aus.

„Ist sie hier?“, fragte die Frau sofort.

„Nein, nein, aber ein Junge hat vorhin nach ihr gefragt. Er hat mir ein Bild auf einem Handy gezeigt.“

„Sind Sie sicher, dass es dieses Mädchen war?“

„Ja, die vergisst man doch nicht. Aber hier ist nur ein farbiges Mädchen Gast und das ist schwer erkrankt. Ehrlich gesagt, habe ich von ihrem Gesicht nicht so viel gesehen. Wir starren unsere Gäste nicht an“, sagte sie verlegen und errötete leicht.

„Und wie sieht es mit diesem Mann aus?“, fragte die Beamtin und drehte das Bild des ehemaligen Buchhalters von Sophias Vater so herum, dass die Empfangsdame es gut sehen konnte. Da er immer noch der einzige vermutliche Täter war, hatte die Polizistin keine anderen Bilder.

„Aber ja!“, rief die Hotelangestellte aus. „Das ist Herr Großhaupt, der Vater des behinderten Mädchens. Er ist mit einer weiblichen Pflegekraft und einem weiteren männlichen Angestellten in den Zimmern Nr. 306 und 307 untergebracht. Aber …“, fiel es ihr ein, „sie wollten heute abreisen, obwohl sie noch bis morgen früh gebucht hatten. Er war noch vorhin unten bei mir und hat die Rechnung beglichen.“

Die Polizisten sahen sich an. Das wurde knapp! Sofort sprach der Mann über ein unsichtbares Mikrofon mit seinem Einsatzleiter.

„Zielpersonen im Haus mit Geisel. Vermutlich drei Täter, einer weiblich. Zimmer 306 und 307, dritte Etage! Gibt es einen Grundriss des Hotels?“, wandte er sich mit einer Frage an den Direktor.

Doch der Mann am Schreibtisch hatte mitgedacht und bereits einen Gebäudeplan aus der Schublade gezogen. Ohne ein Wort reichte er ihn an den Polizisten weiter, der ihn ebenso stumm auseinanderfaltete und Etage für Etage abfotografierte.

ZUGRIFF

Sophia verschlief, wie ihr Liegerollstuhl in den Lastenaufzug geschoben wurde. Aber als Carola sie unten unsanft über die Metallkante in die Tiefgarage rumpelte, wurde sie wachgeschüttelt. Sie bemühte sich, es ihre Begleiter nicht merken zu lassen. Sophia nahm es klaglos hin, dass sie unter der Decke schwitzte und dass die blöde Mütze kratzte. Immerhin spürte sie ihren Körper wieder. Sie lauschte und zählte drei verschiedene Stimmen. Sie waren klarer und näher als beim letzten Mal. Der Wattenebel in ihrem Kopf lichtete sich. Zwei Männer und eine Frau. Sie klangen nervös. Der Handwerker und seine Frau … und Robert. Das Entführer-Trio war komplett! Sophia war sich nicht sicher, wo sie war und auch nicht, ob ihre Stimme ihr schon gehorchen würde, falls sie um Hilfe rief. Aber dem Hall nach zu schließen, waren sie in einem großen Raum oder Gewölbe. Es roch leicht nach Abgasen. Dann hörte sie, wie die elektronische Verriegelung eines Autos aufsprang und Autotüren geöffnet wurden. Ein scharrendes Geräusch drang an ihr Ohr, so als würde Metall über Beton gezogen. Offenbar waren sie in einer Garage und …

Das Rütteln des Rollstuhls, der über eine Rampe auf die Ladefläche des Transporters geschoben wurde, unterbrach ihren Gedankengang. Es fühlte sich nach Erdbeben an, und sie hatte das Gefühl, aus ihrem Liegestuhl geschleudert zu werden.

„Pass doch auf, Rico! Wie kann man nur so ungeschickt sein", meckerte Carola direkt neben ihrem Kopf. „Wir müssen die Rückenlehne aufrichten, sonst passt der Rollstuhl nicht rein."

„Das Teil entsorge ich bei nächster Gelegenheit", zischte Rico zurück und rieb sich den Oberschenkel. „Aber so was von! Darauf kannst du Gift nehmen."

„Hör auf zu jammern und steigt endlich ein!", befahl Robert. „Wenn du besser aufgepasst hättest, statt den alten Mercedes anzufahren, hätten wir es alle in dem Transit bequemer gehabt."

„Einen Moment dauert das hier hinten noch! Immer mit der Ruhe", sagte Carola. „Sonst fliegt uns der Rolli während der Fahrt um die Ohren."

Sophia merkte, wie ihr Oberkörper in die Senkrechte gebracht wurde. Geistesgegenwärtig ließ sie ihren Kopf auf die Brust fallen. So bekam sie zwar schlecht Luft, aber schließlich schlief sie ja. Da hielt man den Kopf nicht von allein. Das Trio war offenbar dabei, das Hotel zu verlassen. War das jetzt gut oder schlecht? Hatte Papa das Lösegeld schon gezahlt und sie war auf dem Weg in die Freiheit? Oder zog sie nur um in ein anderes Gefängnis? Sie hoffte auf die erste Variante.

Carola hob Sophias Kopf an und befestigte einen Haltegurt an ihrer Stirn. Das Mädchen musste sich sehr beherrschen, um die Berührung dieser unangenehmen Person zu ertragen, ohne sich zur Wehr zu setzen. Jetzt konnte sie zwar besser atmen, aber sich natürlich auch weniger bewegen. Egal. Im Moment durfte sie das sowieso nicht. Carola befestigte die Räder des Rollstuhls in der Rückhaltevorrichtung und klappte die Rampe ein. Als sie hinter dem Rolli hochgefahren war, schlug sie die Hecktüren zu und öffnete die Schiebetür, die zu ihrem Sitz führte. Sie nahm neben dem Mädchen Platz. Dann hörte Sophia, wie die beiden Vordertüren zugingen. Der Motor des Mercedes wurde gestartet und sprang sofort an. Er war leise.

„Klappt doch alles wie am Schnürchen", freute sich der Handwerker.

„Jawohl", bestätigte Carola.

Ihre Stimme dröhnte laut. Die Männer schienen vorne zu sitzen. Sie klangen weiter weg.

„Hast du den Müll entsorgt?", fragte Robert, anstatt sich von der guten Laune seiner Komplizen anstecken zu lassen. Er legte den Rückwärtsgang ein und fuhr aus der Parklücke.

„Natürlich. Das Zimmer ist wie neu. Und die falschen Nummernschilder habe ich auch vom Transit entfernt", antwortete der Handwerker.

Seine Stimme klang immer noch fröhlich. Er ließ sich die Freude über den gelungenen Coup nicht nehmen.

„Niemand wird Verdacht schöpfen. Jetzt entspann dich mal!", schlug er vor.

Robert schnaubte.

„Ich entspann mich, wenn ich im Flieger sitze", murmelte er. „Und bis dahin kann noch jede Menge schiefgehen."

Die Polizistin von vorhin trug jetzt die Kleidung eines Zimmermädchens. Das blaue, knielange Kleid mit dem weißen Kragen und der weißen Schürze stand ihr gut. Die falsche Raumpflegerin schob ein kleines Putzwägelchen auf Gummirollen vor sich her, das mit frischer Bettwäsche, Handtüchern und Kosmetikartikeln bestückt war. Sie hielt vor der Tür von Zimmer Nr. 307 und klopfte. Der kleine Knopf in ihrem Ohr war kaum zu sehen.

„Zimmerservice!“, rief sie und wartete auf eine Antwort.

An dem Knauf baumelte kein Schildchen mehr, das darum bat, die Gäste in Ruhe zu lassen. Als niemand antwortete, schob die Beamtin eine Generalschlüsselkarte in den Schlitz über dem Knauf. Eine rote Lampe blinkte. Dann erschien ein grünes Licht. Das vermeintliche Zimmermädchen drückte die Tür auf.

„Zimmerservice!“, rief sie noch einmal, dann betrat sie den Raum.

Den Wagen ließ sie vor der Tür stehen. Es dauerte nicht lange, bis sie sich einen Überblick über das Doppelzimmer und das Bad verschafft hatte. Hier war niemand mehr.

„307 negativ“, sprach sie in ihr Mikrofon, das wie eine Uhr um ihr Handgelenk gebunden war.

Sie verließ das Zimmer und schob den Putzwagen zum Zimmer Nr. 306 herüber. Dort wiederholte sich die Szene. Aber auch dieses Zimmer war leer. Die Vögel waren ausgeflogen. Fragte sich nur, wie weit sie gekommen waren.

„306 auch negativ. Ich wiederhole: Beide Zimmer negativ“, hörte der Einsatzleiter die Worte der Observierungsbeamtin deutlich.

„Verstanden!“, antwortete er und wandte sich per Funk an einen anderen seiner Männer.

„Wie sieht es in der Tiefgarage aus?“

„Alles ruhig. Schwarzer Mercedes Citan Rolli-Van fährt aus einer Parklücke und rollt in Schrittgeschwindigkeit auf die Ausfahrt zu. Hiesiges Kennzeichen: Anton–Theodor–Berta Trennung Anton–Paula 4 6 7. Ende.“

„Verstanden, Ende.“

Der Einsatzleiter drehte sich zu dem Kollegen, der neben ihm im mobilen Funkwagen saß.

„Ein Rolli-Van kommt raus. Behindertentransport! Das könnten sie sein.“

Anton hatte sein Bananensplit-Eis fast aufgegessen, als ein Auto auf der Straße hupte. Das war der Grund, warum die anderen Gäste hier nicht sitzen wollten. Man war zu nah am Verkehr. Anton sah auf und beobachtete, wie ein Peugeot-Cabrio-Fahrer wütend die Hände rang. Opa hob die Augenbrauen und schüttelte den Kopf. Er hatte beobachtet, wie das Auto vor dem Cabrio plötzlich abbremste, um jemanden über die Straße zu lassen. Antons Augen schwenkten hinüber zum Hotel. Deshalb sah er den kleinen Behindertentransporter, der aus dem Parkhaus des Hotels „Rheinblick" kam, zuerst. Langsam hob er die rechte Hand mit dem Eislöffel.

„D… das ist der Rolli-Transporter", sagte er gleichmütig und steckte sich Vanilleeis mit Banane in den Mund.

Alle anderen ließen die Löffel sinken. Caruso hob den Kopf. Opa Peter und die Detektive beobachteten, wie der Wagen blinkte und vorsichtig links abbog. Nur wenig später fuhr er direkt an dem Eiscafé vorbei und auf den kleinen Kreisverkehr zu. Sie konnten sogar einen langen Blick auf die Vordersitze werfen, als sich der Verkehr kurz staute.

„D… das ist der Mann aus dem Aufzug!", sagte Onkel Anton mit vollem Mund.

Seine Hand zeigte auf den Rolli-Van mit dem Vollbartträger am Steuer. Opa drückte seine Hand nach unten auf den Tisch.

„War das nicht der Typ, der direkt vor uns am Empfang gezahlt hat?", flüsterte Silas erschrocken.

Ronny nickte.

„Wow, und wir haben gerade noch neben dem gestanden."

„Heißt das, die hauen ab?", fragte Rahel.

Opa antwortete nicht. Er beobachtete stirnrunzelnd, wie der Mercedes Citan eine ganze Runde im Kreisverkehr drehte und genau an der Ausfahrt abfuhr, an der er gerade hineingefahren war. Als er zum zweiten Mal an ihnen vorbeifuhr, konnten sie den Mann mit Bart wütend gestikulieren sehen. Herr Schmickler lächelte.

„Na, sind wir falsch abgebogen?", fragte er schadenfroh.

Auch Ronny grinste.

„Zur Autobahn geht's in die andere Richtung", erklärte er den Geschwistern.

Rahel verstand nicht, wie Opa so ruhig bleiben konnte.

„Wir müssen doch was tun!", drängte sie und wäre fast aufgesprungen.

Doch dann sah sie, wie sich der Opel, der hinter Antons Ellenator gestanden hatte, in Bewegung setzte und sich direkt hinter dem Rolli-Van in den Verkehr einfädelte. Ein großer Bulli hatte extra angehalten, um ihn hineinzulassen.

„Was passiert da gerade, Opa?!", fragte Silas.

„Im Moment noch nichts", antwortete Herr Schmickler. „Aber die Kollegen sind an dem Fahrzeug dran. Jetzt geht es los!"

Neugierig sahen die Detektive der Autokolonne nach, wie sie auf der Koblenzer Straße in Richtung Süden fuhr.

„Was genau geht los?", fragte Ronny, als von den Fahrzeugen nichts mehr zu sehen war.

„Der Opel, der Bulli und wahrscheinlich auch noch der weiße Audi dahinter folgen dem Fluchtfahrzeug möglichst unauffällig. Gleichzeitig verfolgen andere Kollegen die wahrscheinliche Fluchtroute am Rechner und überlegen, wo auf der Strecke sie am besten zugreifen können."

„Wie geht das mit dem Zugreifen?", hakte Silas nach.

Er hatte sein Eis bereits ganz verputzt. Opas Kaffee war auch alle. Er lehnte sich etwas vor, damit er leiser sprechen konnte.

„Sie werden das Auto stoppen. Dafür gibt es mehrere Möglichkeiten. Man kann versuchen, das Zielfahrzeug auf einen Parkplatz zu leiten, mit einer vorgeschobenen Baustelle oder wegen eines angeblichen Unfalls. Dafür braucht man allerdings etwas Vorlaufzeit."

„Um die Kulissen aufzubauen", nickte Silas. „Logisch."

Opa schmunzelte über den Begriff aus der Theaterwelt. Aber seine Enkel hatten schließlich eine Sängerin zur Mutter.

„Eine andere Variante ist es, die Täter selbst in einen Unfall zu verwickeln", fuhr er fort.

„Das ist doch viel zu gefährlich! Wenn Sophia da hinten drin ist, dann ist sie doch Matsche!", protestierte Rahel. Ihre Wangen färbten sich vor Empörung rot.

„Keine Sorge, die können das, ohne dass der Geisel etwas passiert. So etwas wird regelmäßig geübt. Anders würde es nicht funktionieren. An einer günstigen Stelle setzt sich ein Wagen vor die Entführer und zwingt sie, immer langsamer zu fahren. Ein anderes bleibt daneben und der Bulli dahinter. Wenn sie langsam genug sind, bremst das erste Auto, und das Zielfahrzeug fährt hinten auf. Zur Sicherheit kann auch der Bulli noch auffahren. Dann sind die Entführer eingekeilt und müssen aufgeben."

„Das hört sich ja gut an, aber was ist, wenn sie sich dann an Sophia rächen, wenn sie merken, dass alles aus ist?", fragte Ronny leise.

„Das ist möglich", gab Opa zu. „Aber doch eher unwahrscheinlich. Nach so einem Auffahrunfall, auch wenn er relativ sanft ist, ist jeder erst mal überrascht und erschrocken. Das Gehirn muss das verarbeiten. Diesen Moment nutzt man für den Zugriff aus. Das geht schneller, als du denken kannst."

Rahel schluckte.

„Na, hoffentlich geht das gut", sagte Silas und schickte ein stilles Gebet zu Gott.

Auch Opa schloss kurz die Augen und neigte den Kopf. Dann stand er auf und winkte der Bedienung.

„Zahlen, bitte“, sagte er, als sie zu ihm hinüberschaute. „Anton, kannst du uns an unserem Auto absetzen? Ihr Jungs habt ja eure Räder dabei.“

Anton nickte und nahm seinen Autoschlüssel in die Hand. Silas stöhnte unhörbar. Das mit dem Fahrrad hatte er glatt vergessen …

DAS SPIEL IST AUS

„Warum fahren wir so langsam?!“, fragte Carola. Sie hatte sich abgeschnallt, als sei sie eine Stewardess und der Flieger hätte die geplante Flughöhe erreicht. Neugierig trat sie an die Trennwand zur Fahrerkabine. Durch ein Fenster konnte sie jetzt nach vorne und nach draußen auf die Straße sehen. Ihre Stimme drang völlig klar in Sophias Ohren. Sie waren vollkommen frei. Das Mädchen spürte nichts mehr von Watte oder Ohrpfropfen.

„Weil der vor mir auch nicht schneller fährt!“, gab Robert gereizt zurück.

Er drückte auf die Hupe. In diesem Moment wünschte Sophia sich das Wattegefühl zurück, denn das Geräusch hallte grausam laut und klar in ihrem Kopf nach. Es kam ihr fast so vor, als sei ihr Schädel aus Eisen gegossen und würde schwingen wie eine Kirchenglocke. Noch bevor der Ton ganz verklungen war und sie aufatmen konnte, hupte der Fahrer noch einmal anhaltend. Sophias Kopfglocke läutete, als müsse sie alle Gläubigen weltweit zum Gottesdienst zusammenrufen.

„Dann überhol doch!“, schlug Carola vor.

„Wie denn? Der neben mir lässt mich nicht raus. Dabei ist die Straße vor uns leer wie die Wüste Gobi!“, schimpfte

Robert und drückte noch ein letztes Mal in die Mitte des Lenkrades.

Sophia wusste nicht, wie leer die genannte Wüste war, aber sicher hörte man selbst dort Roberts Hupe. Außerdem registrierte sie bei dem Gedanken an Sonne und Sand, dass sie Durst hatte. Einen Riesendurst, aber im Moment war keine Oase in Sicht. Rico warf einen Blick auf den Tacho.

„Die fahren kaum schneller als 70, erlaubt ist 100."

„Ach nee. Bist du jetzt mein Fahrlehrer, oder was?", fragte Robert wütend.

„Nein, obwohl ich deinen Sicherheitsabstand loben würde", gab Rico zurück. „Der ist schon übertrieben groß."

„Ich fahr jedenfalls keinem rein."

Robert klang wieder etwas ruhiger und guckte kurz nach hinten.

„Kümmer du dich besser um unseren Gast!", rief er Carola über die Schulter zu. „Setz dich und schnall dich gefälligst wieder an!"

Doch dafür war es zu spät.

„Brems!!", schrie Carola, und Roberts Kopf wirbelte nach vorne.

Sein Fuß drückte das Bremspedal gerade noch rechtzeitig, aber sein Sicherheitsabstand war auf wenige Meter zusammengeschmolzen. Das Fahrtempo betrug nur noch 50 km/h.

„Was zum Henker …!", schnaufte Robert; sein Puls raste, und er umklammerte das Lenkrad.

„Da kommt eine scharfe Kurve", fuhr Rico ihn an. „Hast du das Schild nicht gesehen?"

Robert wusste nicht, was er sagen sollte, aber er brauchte auch nicht mehr zu antworten, denn schon kurz nach der Kurve krachte es. Reifen quietschten, Glas splitterte, Blech knirschte. Der Opel vor ihnen hatte plötzlich noch weiter abgebremst, anstatt wie erwartet das Tempo auf gerader

Strecke wieder zu erhöhen. Mit immerhin noch fast dreißig Stundenkilometern fuhr Robert in seinen Kofferraum.

„Was machst …?!", konnte Rico noch rufen.

Das letzte Wort erstarb auf seinen Lippen. Der Airbag verschloss ihm den Mund. Auch Roberts Kopf wurde nach vorne geschleudert. Er fühlte den Druck des Brustgurts, aber sein Gesicht hatte einen verwunderten Ausdruck. *Da waren keine Bremslichter*, dachte er, *einfach keine Bremslichter!*

Sophias Körper wurde von den Gurten festgehalten. Sie blieb im Rollstuhl, der gut gesichert war, konnte aber nichts dagegen tun, dass sich ihre Augen öffneten. Vor Schreck kniff sie sie erst zusammen, riss sie dann aber wieder auf. Deshalb sah sie, wie Carola, die sich gerade wieder anschnallen wollte, vor die Zwischenwand gepresst wurde. Ihr Kopf schlug hart an das Metall, und sie sackte zu Boden. Noch ehe Sophia ganz begriffen hatte, was geschehen war, war ihre Bewacherin auch schon verschwunden. Zwei Männer hatten die seitliche Schiebetür geöffnet und Carolas schlaffen Körper in Sekundenbruchteilen aus dem Auto gezogen.

„Das sind die Bullen", stöhnte Rico.

Die Erklärung war unnötig, denn draußen war schon mehrfach der Ruf „Polizei!" erschollen, und Robert starrte selbst in den schwarzen 9-mm-Lauf einer Glock-17-Pistole. Der unauffällige Opelfahrer hielt sie mit beiden Händen und zielte auf ihn. Gleichzeitig rissen weitere Beamte Fahrer- und Beifahrertür auf.

„Hände aufs Dach!", brüllte eine Stimme ganz in Ricos Nähe.

„Ich will die Hände sehen!", schrie eine andere, und er verwarf augenblicklich den Gedanken, seine eigene Pistole aus dem Handschuhfach zu nehmen. Das Spiel war aus, und sie hatten verloren! Hier wimmelte es von Polizisten. Es schien, als wüchsen immer mehr aus dem Boden. Rico blieb ruhig sitzen und hob langsam die Hände. Immer noch sitzend drehte er den Oberkörper nach rechts und legte die Hände auf das Autodach. Seine Finger hatten kaum das Blech berührt, da griffen schon kräftige Arme danach, und ein Paar weitere Hände löste seinen Gurt. Er selbst wurde unsanft aus dem Fahrzeug gezogen und zu Boden geworfen. Jemand riss ihm die Arme auf den Rücken und band sie fest. Diese Position kam ihm leider nur allzu bekannt vor. Für Robert war sie neu, aber auch ihm gefiel es nicht auf dem unbequemen Asphalt.

Sophia kam nicht dazu, sich abzuschnallen, obwohl sie es vorgehabt hatte. Nachdem Carola weg war, war eine Polizistin durch die Seitentür zu ihr gestiegen. Ein zweiter Beamter folgte ihr. Erschrocken blickte das Mädchen die beiden an.

„Keine Angst", sagte die Frau. „Wir helfen dir!"

„Wir sind die Guten", sagte der Mann und lächelte. „Kannst du mich hören?", fragte er dann.

Er trug ein seltsames Abzeichen am Oberarm, das nicht zu einem Polizisten zu passen schien. „Medic" stand darauf, und daneben war ein rotes Kreuz. Sophia nickte, und der Mann leuchtete mit einer kleinen Lampe in ihre Augen. Jetzt sah sie kurz gar nichts mehr.

„Hast du Schmerzen?", fragte er.

„Nein", sagte Sophia. Ihr Kopf hallte nicht mehr. „Mir geht es gut. Nur mein Herz klopft."

„Prima! Genauso wollen wir das haben", sagte der Mann mit der Lampe grinsend und nickte seiner Kollegin zu.

„Geisel ansprechbar und unverletzt", meldete die Frau in ihr Mikrofon.

Der Mann löste Sophias Gurte und hob sie aus dem Rollstuhl, als sei sie eine Feder. Sie wollte sich wehren und sagen, dass sie laufen könne, aber dann überließ sie sich doch den starken Armen. Ihre Aufregung ließ nach, und sie war einfach nur noch erschöpft.

„Ich habe Durst!“, sagte sie nur leise.

„Nicht mehr lange“, versprach der Mann, der sie trug.

„Vielen Dank, Herr Mombauer! Und bitte grüßen Sie Ihre Frau!“, sagte Opa Peter und legte endlich den Hörer zurück in die Ladestation.

Drei gespannte Gesichter sahen ihn an. Opa lächelte.

„Und?“, fragte Rahel ungeduldig, denn in den letzten zehn Minuten hatte Opa Peter nur so Sachen wie „ja“ und „nein“, „ach“ oder „oh“ gesagt. „Was ist passiert? Ist Sophia frei? Wie geht es ihr?“

„Immer der Reihe nach“, bremste Antons Vater sie. „Das Wichtigste zuerst: Sophia ist befreit worden, und es geht ihr gut. Das ist die Hauptsache.“

„Gott sei Dank“, sagte Silas.

Er ließ sich erleichtert auf die Kücheneckbank plumpsen.

„Die Entführer haben sie auch erwischt. Es waren zwei Männer und eine Frau.“

„Zwei Männer?! Und was ist mit dem Buchhalter?“, fragte Ronny und setzte sich neben Silas. „War er tatsächlich dabei?“

Opa nickte und schaute nachdenklich.

„Ja, er war nicht nur dabei, sondern er war sogar der Haupttäter. Das Ganze war seine Idee. Während seiner Zeit im Gefängnis muss Robert Wendland, so heißt er mit vollem Namen, seinen späteren Komplizen Rico Klenker kennengelernt haben. Jedenfalls waren sie ein paar Monate in derselben JVA. Sie stammen nämlich beide aus Ludwigshafen.“

„Ju… Justizvollzugsanstalt“, erklärte Onkel Anton. „D… Das heißt JVA!“

„Genau“, sagte Opa. „Nur hatte dieser Klenker schon mehr kriminelle Erfahrung als Robert Wendland. Er ist gelernter Schlosser. Die Frau, Carola Klenker, ist seine Ehefrau. Sie arbeitete in einer Seniorenresidenz in Oggersheim.“

„O… Oggersheim“, kicherte Anton. „D… Da kam auch der Kohl her.“

Opa musste lachen. Onkel Anton hatte auch Ahnung von Politikern. Er war ja nicht mehr der Jüngste und hatte Helmut Kohl noch als Kanzler erlebt. Das war vor Angela Merkel und Gerhard Schröder gewesen. Anton fühlte sich durch das Lachen ermutigt und schob noch ein bisschen Wissen hinterher.

„D… der aß gerne Saumagen“, sagte er grinsend und hob dabei den rechten Zeigefinger.

Ronny verzog angewidert das Gesicht.

„Igitt!“, sagte er, obwohl er keine Ahnung hatte, was Saumagen eigentlich war.

„Oggersheim ist ein Stadtteil von Ludwigshafen“, sagte Opa.

„… und Saumagen schmeckt gar nicht so schlecht“, ergänzte Rahel.

Sie verspürte vor lauter Erleichterung schon wieder Lust, mit Ronny zu streiten.

„Jedenfalls kam Carola Klenker so an den Rollstuhl, in dem sie Sophia transportiert haben. Die Medikamente, mit denen sie Sophia betäubt hat, hatte sie noch aus ihrer Zeit als Anästhesieschwester. Die hätte sie zwar gar nicht aus dem Krankenhaus mitnehmen dürfen, aber anscheinend zeigte sich da schon früher die kriminelle Energie.“

„Sie haben Sophia betäubt?“, erschrak Rahel.

Opa Peter beruhigte sie sofort.

„Ja, aber so wie ihr Vater sagte, hat es ihr nicht geschadet. Es geht ihr gut!“, betonte er noch einmal. „Sie wird natürlich noch genau untersucht. Deswegen muss sie noch etwas im Krankenhaus bleiben. Aber du darfst sie besuchen, sie hat schon nach dir gefragt.“

Rahel lächelte und setzte sich auch endlich. Sie freute sich sehr darauf, ihre neue Freundin wiederzusehen. In diesem

Moment öffnete sich die Haustür. Mama kam mit einem großen Einkaufskorb in den Flur.

„Huhu! Ich brauche noch ein paar Freiwillige, die mir tragen helfen", rief sie.

Sofort sprangen Silas und Ronny auf, um die Einkäufe hereinzuschleppen. Aber bevor er etwas in die Hand nahm, bombardierte Silas seine Mutter mit den guten Neuigkeiten.

„Ach, wie schön!", freute sich Frau Schmickler mit. „Ganz ausgezeichnet. Was für ein Wunder! Einfach super! Gott sei Dank. Wie gut, dass ich heute etwas ganz Besonderes geplant habe. Das müssen wir doch feiern! Vor allem, wenn Ronny heute noch zum Abendbrot da ist."

Mit diesen Worten verschwand sie nach draußen, um das Auto komplett leer zu räumen. Silas lief schon das Wasser im Mund zusammen.

„Was gibt's denn heute?", fragte er und hob eine Getränkekiste aus dem Kofferraum.

Mama lächelte verschmitzt.

„Eine Pfälzer Spezialität. Ich hatte noch Zeit, um bei Omas Lieblingsmetzger vorbeizuschauen, und da in der Theke hat er mich angegrinst."

„Wer?", fragte Ronny misstrauisch.

Er war sich nicht sicher, ob beim Metzger ganze Tiere in der Kühlung lagen, die noch grinsen konnten. Seine Mutter und er kauften Fleisch und Wurst nur im Supermarkt.

„Keine Sorge, Ronny, du wirst es mögen", beruhigte Mama ihren Gast. „Mit Bratkartoffeln und Remoulade ist der Pfälzer Saumagen ganz hervorragend."

Silas ließ vor Lachen fast den Sprudelkasten fallen, und Ronny wurde rot.

„Klasse!", stieß er hervor und bemühte sich, wenigstens neutral zu gucken.

NEUE FREUNDE UND NEUE PLÄNE

„Rahel!“, rief Sophia.

Sie saß angezogen neben ihrem Krankenhausbett und freute sich sichtlich, ihre Klassenkameradin zu sehen. Herr und Frau Mombauer hatten gerade das Zimmer verlassen, damit die beiden Mädchen unter sich waren. Rahel ging auf Sophia zu und schloss sie vorsichtig in die Arme.

„Bin ich froh, dich gesund wiederzusehen“, sagte sie. „Du bist doch ganz gesund, oder?“, fragte sie ängstlich.

Sophia nickte.

„Erst haben sie gedacht, es sei etwas mit meinen Augen nicht in Ordnung, aber ich brauche nur eine Brille. Ich bin kurzsichtig.“

„Na, das ist ja nicht schlimm. So eine Brille lässt einen schlau aussehen!“, behauptete Rahel. „Aber sonst ist alles in Ordnung?“

„Ja, soweit sie bis jetzt wissen, schon. Carola, diese alte Hexe, hat mir K.-o.-Tropfen verpasst. Ganz bestimmt kriege ich nie wieder Reis mit Hühnchen runter. Dabei kocht Maman das so gut.“

Sie schaute betrübt.

„Sie hat dir was ins Essen gemischt?", fragte Rahel.

„Ja, es schmeckte versalzen. Aber ich habe das meiste ins Klo geschüttet", erzählte Sophia und dann berichtete sie von Anfang an, wie es ihr ergangen war. „Zum Glück geht es Matthias auch wieder gut", sagte sie schließlich. „Sie hatten ihn niedergeschlagen, als ich ihn zuletzt gesehen habe."

Rahel erinnerte sich noch gut an die Kopfwunde des Sportlehrers. War das wirklich erst vor drei Tagen gewesen? Unglaublich, wie schnell die Zeit verging! Der Vormittag heute in der Schule war fast wie im Traum an ihr vorbeigezogen. Aber die Lehrer hatten Verständnis gehabt, dass sie sich noch nicht so gut konzentrieren konnte.

„Ich habe mich schon telefonisch bei ihm bedankt und mich entschuldigt, dass ich manchmal so zickig war."

Rahel lachte und zuckte die Schultern.

„Ist ja auch doof, wenn man dauernd so überwacht wird."

„Na ja, und bei euch muss ich mich auch bedanken", meinte Sophia.

„Warum?", fragte Rahel.

„Maman und Papa haben mir erzählt, was ihr alles gemacht habt, um mir zu helfen. Wie ihr weiter nach diesem Auto gesucht habt und so. Dann hat dein Onkel es tatsächlich in der Tiefgarage entdeckt, und ihr habt die Polizei informiert. Ohne euch, wer weiß, wo die mit mir hingefahren wären, und Papa hatte das Geld schon von der Bank geholt. Ihr … ihr habt alles Mögliche versucht, um mir zu helfen. Ihr … seid … so … nett zu mir …!"

Plötzlich weinte Sophia. Rahel bekam sofort Mitleid. Sie legte den Arm um ihre Freundin.

„Es tut mir so leid, dass du so Angst hattest", sagte Rahel mitfühlend und reichte Sophia ein Taschentuch. „Es muss schrecklich sein, so etwas zu erleben!"

Doch Sophia schüttelte den Kopf.

„Deswegen weine ich doch gar nicht!", meinte sie und schnäuzte sich vornehm leise.

Wenn Silas sich die Nase putzte, dachte man, ein trötender Elefant stünde direkt neben einem. Onkel Anton trötete wie zwei Elefanten. Sophia blinzelte durch die Tränen.

„Meine Angst war gar nicht so groß. Ich kannte Robert doch. Ich glaube nicht, dass er mir wirklich etwas antun könnte, und Matthias hat mit mir geübt, wie man sich in solchen Situationen verhält. Außerdem wusste ich, dass Gott bei mir ist."

„Warum weinst du denn dann?", fragte Rahel.

„Weil ich nicht zurück nach Ludwigshafen will! Hier ist es viel schöner. Ich liebe es, zur Schule zu gehen. Auch wenn es immer ein paar Noras und Violas gibt."

Sophia lächelte, obwohl immer mehr Tränen aus ihren Augen quollen. Rahel schluckte. Gleich würde sie mitheulen.

„Hier mit euch bin ich weniger allein. Ich mag unsere Gespräche und deinen lustigen Onkel. Ich will hierbleiben", weinte Sophia.

„Und deine Eltern wollen das nicht?", fragte Rahel.

Sophia guckte auf ihre Hände.

„Ich weiß es nicht, ich habe mich noch nicht getraut, mit ihnen zu sprechen. Es ist doch so kompliziert, und sie hatten schon genug Angst um mich."

„Kompliziert?"

Sophia seufzte.

„Ja, eine Firma lässt sich nicht so einfach verlegen. Ich wüsste nicht, wie Papa das mit seiner Arbeit machen soll. Und eigentlich arbeitet Maman da auch."

Rahel stemmte die Hände in die Hüften.

„Jetzt hör mal gut zu!", tat sie entrüstet. „Du brauchst das ja auch nicht zu wissen. Deine Eltern finden schon eine Lösung. Aber dafür musst du mit ihnen reden."

Sophia guckte unglücklich, aber sie hörte auf zu weinen.

„Du redest doch sogar mit Gott, oder?", fragte Rahel, und Sophia nickte. „Na, siehst du, dann ist es ja wohl eine einfache Übung, mit zwei Menschen zu reden, die du sehen kannst und die dich lieb haben."

Sophia musste plötzlich lachen.

„Ja, du hast recht!", gab sie zu.

Am späten Nachmittag traf Rahel in der Zentrale der Detektei wieder auf die beiden Jungs und Onkel Anton. Heute war es selbst unter den Bäumen im Wald so warm, dass sie freiwillig Wasser statt Kakao tranken.

„Ist das dein Ernst?!", fragte Ronny gerade.

Rahel legte den Kopf schief und betrachtete Ronnys T-Shirt eingehend, als sähe sie es zum ersten Mal. Dabei hatte er es schon heute Morgen in der Schule angehabt.

„Ich muss zugeben, dein Geschmack hat sich ein bisschen verbessert", zog sie ihn auf, anstatt zu antworten. „‚In Musik bin ich Deko'", las sie laut vor. „So eins könnte ich mir glatt auch zulegen, wo ich jetzt so reich bin. Du musst nur noch irgendwann zum Friseur."

„Na, den Tag würde ich mir rot im Kalender anstreichen", murmelte Silas. „Watson und Sherlock im Partnerlook".

„Rahel, nerv nicht, spuck es aus! Kriegen wir tatsächlich eine Belohnung?", fragte Ronny.

„Ausspucken", lachte Onkel Anton.

Das Wort hatte ihm schon mal so gut gefallen. Rahel widmete sich dem großen Smartphone, das heute angekommen war. Sie hatte angefangen, Onkel Anton die Bedienung zu erklären. Jetzt sollte er lernen, wie man fotografiert. Sie zeigte ihm, wie man die Kamera einschaltete. Silas boxte seine Schwester in die Seite.

„Rahel!", rief er.

Das Mädchen guckte grinsend hoch.

„Ja, es stimmt", bestätigte sie. „Vorhin war Bauer Langenhagen da und hat Papa die fünfhundert Euro für uns überreicht."

„Macht hundertfünfundzwanzig Euro für jeden", rechnete Ronny laut.

„Die Summe, die er ausgelobt hatte", stellte Silas fest.

Er vergaß selten eins von Papas Wörtern.

„Das Beste kommt noch", behauptete seine Schwester.

„Nämlich, Sherlock?"

Ronny konnte seine Neugier kaum noch zügeln.

„Das Beste war Bauer Langenhagens Gesicht", zögerte Rahel die ersehnte Information noch weiter heraus.

„Du folterst uns gerade", behauptete Silas. „Und es macht dir Spaß."

„Er hat geguckt, als hätte er gerade die Weisheitszähne gezogen bekommen. Es ist ihm sehr schwergefallen, das Geld aus der Hand zu geben", erzählte Rahel ungerührt weiter.

„Und was hat Sophias Vater gesagt?", bohrte Ronny nach.

Rahel guckte triumphierend in die Runde.

„Sie sind so froh, dass Sophia nichts passiert ist und dass wir den Transporter rechtzeitig entdeckt haben, dass ihr Papa uns allen neue Handys spendiert …"

„Yeah!", stieß Ronny hervor und sprang auf.

Er ballte die Hand zur Faust und boxte in die Luft. So eine Gefühlsregung hatte Rahel ihm gar nicht zugetraut.

„… damit wir auch in Zukunft bei unseren Einsätzen von überall die Polizei anrufen können, damit es nicht zu gefährlich wird!", fuhr sie fort. „Und für Ronny hat er noch eine besondere Überraschung."

Ronny guckte sie ungläubig an. Diesmal ließ sie die Katze sofort aus dem Sack.

„Er schenkt dir ein eigenes Notebook. Weil Sophia ihm gesagt hat, dass du dir das wünschst. Und wir haben ja jeder unseren eigenen Computer."

Ronny schluckte. Das war fast zu viel des Glücks. Er nickte nur stumm und wandte sich dann ab. Onkel Anton stand auf. Er konnte mit einem Notebook nichts anfangen. Mit dem Smartphone jetzt schon. Er nahm es Rahel aus der Hand und entfernte sich, um sein erstes Foto zu schießen. Er wusste auch schon, was er fotografieren wollte.

„Komm, Caruso!", rief er, und sofort setzte sich der schwarze Riesenschnauzer in Bewegung.

Sein Herrchen platzierte ihn unter das Detektei-Anton-Schild und knipste. Es blitzte, obwohl das bei dem Licht überflüssig war. Stolz kam Anton zu seiner Nichte zurück und präsentierte das Ergebnis.

Rahel schmunzelte. Das Schild und der Hund waren hervorragend scharf und gut zu erkennen. Es machte nichts, das Onkel Antons dicker Zeigefinger das halbe Bild verdeckte.

„Ha… hab ich das gut gemacht, Rahel?", fragte Anton. „I… is doch gut, oder?"

Seine Nichte reichte ihm das Smartphone zurück.

„Für den Anfang phänomenal!", lobte sie. „Der Rest ist Übungssache, wie bei der Detektivarbeit."

Zufrieden sah sie ihre Kollegen an.

„Ich finde, für Anfänger sind wir alle gar nicht so schlecht!"

„I… ich bin kein Anfänger", behauptete Onkel Anton.

„Was denn?", fragte Silas. „Etwa Profi?!"

Sein Onkel guckte schelmisch. Er wusste genau, dass er einen Witz machte.

„Ja, ja, mhm. Fu… Fußballprofi!", grinste er.

NACHWORT

Liebe Mädchen und Jungen,

diesmal habe ich mir den Kriminalfall rund um meine Heldin Estelle nur ausgedacht. Nichts davon stand in der Zeitung, weil nichts davon wirklich geschehen ist. Das ist auch gut so, denn ein echtes Entführungsdelikt oder eine Geiselnahme ist ein gefährliches Verbrechen. Nicht nur für das Opfer, sondern auch für die Polizisten, die es befreien wollen, besteht Lebensgefahr. Zum Glück gehören solche Straftaten sogar für Polizeiprofis nicht zum normalen Alltag. Jedenfalls nicht bei uns in Deutschland. Wie mir gesagt wurde, ist eine Geiselname so etwas wie die Königsdisziplin, neben Tötungsdelikten, versteht sich. Deshalb bedanke ich mich auch bei den echten Polizisten, die mir geholfen haben, die schwierige Polizeiarbeit hier einigermaßen realistisch zu beschreiben. Natürlich konnten sie mir nicht jedes Detail verraten. Aber die einzelnen Szenen kommen der Wahrheit recht nah, glaube ich.

Ein herzliches Dankeschön geht daher zuerst an Kriminalrätin Claudia Simons, die sich sehr viel Zeit für mich genommen hat. Danke auch an den Ersten Kriminalhauptkommissar i. R. Joachim Boshard für seinen fachkundigen Rat.

Übrigens bin ich sehr froh, dass ich in einem Land leben darf, in dem die Polizei wirklich dein Freund und Helfer ist. Das ist nicht überall auf der Welt so. Aber in Deutschland geben viele Polizisten täglich ihr Bestes, um Menschen wie mich und Euch zu beschützen, selbst wenn sie dabei ihre eigene Gesundheit riskieren. Vielen Dank!

Meine Figur Estelle gibt es auch nicht wirklich. Allerdings kenne ich ein Mädchen, das so aussieht wie Rahels Freundin. Sie gehörte eine Weile zu meiner Kindergottesdienstgruppe. Ihr Vater ist Deutscher, und ihre Mutter stammt tatsächlich aus Burundi. Als junge Frau kam sie als Au-pair nach Deutschland und hat hier ihren heutigen Mann kennengelernt. Allerdings benutzt man in Burundi Palmöl zur Haarpflege, nicht Kokosöl, wie ich behauptet habe. Kokosfett verwenden eher die Frauen auf den Philippinen, und ich rieche es sehr gern.

Ach ja, wir haben auch tatsächlich einmal einen Jugendlichen, der erst kurz vorher von Afrika nach Deutschland gekommen war, mit in den Unterricht des hiesigen Gymnasiums genommen. Der Arme konnte kaum ein Wort Deutsch und war ebenso entsetzt wie Estelle, als er feststellte, dass er das einzige farbige Kind an dieser Schule in der Eifel war. Kein Wunder! Wir selbst würden uns in Afrika unter lauter Afrikanern natürlich auch komisch vorkommen, jedenfalls wenn wir helle Haut hätten und uns nicht verständigen könnten. Aber die anderen Schüler waren begeistert von ihm, als er im Musikunterricht seine Trommelkünste vorführte. Niemand hat ihn gehänselt.

Leider sind auch die Schimpfnamen „Bounty“ und „Kakao“ und die anderen hässlichen Bemerkungen nicht ausgedacht. Meine Schwiegertochter, also die Frau meines Sohnes, hat sie selbst zu hören bekommen, nur weil ihre Haut nicht ganz weiß ist und sie ihre Haare mit Kokosfett pflegt. Sie heißt zufällig Sophia …

Es ist sehr dumm, einen Menschen nur nach dem Äußeren zu beurteilen. Es ist auch dumm, einen Menschen abzulehnen oder womöglich zu verspotten, nur weil er anders aussieht, anders angezogen ist oder in eine andere Kirche geht als wir selbst. Denn das, worauf es wirklich ankommt, ist das Innere der Person. Die Bibel nennt dieses Innere „Herz" und sie meint damit nicht das Organ, das das Blut durch unseren Körper pumpt. Das Herz ist sehr viel wichtiger als das Aussehen. Warum ist es das? Nun, weil es das ist, worauf Gott sieht. Und er wird am besten wissen, worauf es ankommt bei uns Menschen, denn er hat uns schließlich gemacht.

„Denn der Herr sieht nicht auf das, worauf der Mensch sieht; denn der Mensch sieht auf das, was vor Augen ist, der Herr aber sieht das Herz an!" (1. Samuel 16, Vers 7b)

Eure Petra Schwarzkopf

So begann das Abenteuer:

Detektei Anton –
Ausgerechnet Bananen
Band 1
Gb., 208 S., 13,5 x 20,5 cm
Best.-Nr. 271 720
ISBN 978-3-86353-720-3

Die 13-jährige Rahel ist unfreiwillig in das verschlafene Eifeldorf Brehl gezogen. Doch ihre chronische Langeweile endet schlagartig, als Einbrecher und Drogenhändler im Ort auftauchen. Sie setzt alles daran, die Verbrechen aufzuklären, die auch vor ihrer Schule nicht Halt machen. Schon bald kann ihr großer Bruder Silas sie nicht mehr beschützen, denn auch er selbst gerät in höchste Gefahr! Gut, dass wenigstens der speziell begabte Onkel Anton und sein Hund Caruso den Durchblick behalten …

Band 3 erhältlich ab Frühjahr 2022:

Detektei Anton – Bombenstimmung
Band 3
Gb., ca. 208 S., 13,5 x 20,5 cm
Best.-Nr. 271766
ISBN 978-3-86353-766-1

Onkel Anton stolpert im Familienwald über alte Munition aus dem Zweiten Weltkrieg. Außerdem gibt ein seltsamer Brief der Detektei Rätsel auf. Was hat die 92-jährige Frau Breuer damit zu tun, und warum ist die Geschichtslehrerin Angela Kragenbeck so furchtbar engagiert? Wie kann vergangenes Unrecht in Ordnung gebracht werden, und was verheimlicht Pastor Werner? Silas, Rahel, Ronny und Sophia suchen mit Onkel Anton nach Antworten und stoßen auf eine ganz andere Art von Sprengstoff, der bis heute brandgefährlich ist!